2018 中国散文诗年选

王幅明 陈惠琼 编选

南方出版传媒
花城出版社
中国·广州

图书在版编目（CIP）数据

2018中国散文诗年选 / 王幅明，陈惠琼编选. -- 广州：花城出版社，2019.1
（花城年选系列）
ISBN 978-7-5360-8825-2

Ⅰ. ①2… Ⅱ. ①王… ②陈… Ⅲ. ①散文诗－诗集－中国－当代 Ⅳ. ①I227.6

中国版本图书馆CIP数据核字(2018)第287082号

出 版 人：詹秀敏
责任编辑：蔡　安　欧阳蔷　李珊珊
技术编辑：薛伟民　凌春梅
封面设计：庄海萌

丛书篆刻：朱　涛
封 面 图：(元) 钱　选　八花图

书　　名	2018中国散文诗年选 2018 ZHONGGUO SANWENSHI NIANXUAN
出版发行	花城出版社 （广州市环市东路水荫路11号）
经　　销	全国新华书店
印　　刷	广东新华印刷有限公司 （广东省佛山市南海区盐步河东中心路23号）
开　　本	787毫米×1092毫米　16开
印　　张	19.5　1插页
字　　数	320,000字
版　　次	2019年1月第1版　2019年1月第1次印刷
定　　价	60.00元

如发现印装质量问题，请直接与印刷厂联系调换。
购书热线：020－37604658　37602954
花城出版社网站：http://www.fcph.com.cn

编委会

编选 王幅明 陈惠琼
序 陈惠琼
编委 钟建平 唐成茂 柳成荫 黄伟华 李锦琼
　　　 刘小红 莫鸣小猪 刘振炎 王成钊 王猛仁
　　　 周鹏程 徐孝先 唐雪群 罗铭恩 徐慧根

目录

空白美与空间美
　　——序《2018 中国散文诗年选》｜陈惠琼　　……001

辑一　大地的璀璨

生命与爱·我的缱绻……｜刘虔　　……001
周庄三题｜王剑冰　　……003
美丽的灵魂（外一章）｜海梦　　……005
布达拉宫顶上的雪｜王宗仁　　……006
《背负》及其他｜耿林莽　　……007
望乡（外一章）｜王幅明　　……09
人生风景｜西中扬　　……011
黄果树大瀑布｜邹岳汉　　……013
安吉感情｜黄亚洲　　……015
走过达坂城（外一章）｜罗铭恩　　……017
巴山夜语（外二章）｜韩嘉川　　……020
我说过，要去莫勒格尔河（外一章）｜张宇航　　……023
湿地（节选）｜钟建平　　……024
在乌拉盖，我用诗展览着草原（组章）｜王猛仁　　……028
家乡风物｜柳成荫　　……032
时间秘史｜亚楠　　……034
永庆坊写意（外一章）｜陈惠琼　　……035
小河边｜蔡丽双（香港）　　……037

岁月永嘉｜宓月 ……038

琥珀·神的眼泪（外二章）｜莫鸣小猪 ……040

我们社区｜陈志泽 ……044

我们的大唐史诗波澜壮阔｜唐成茂 ……045

在光阴之外流芳（外一章）｜姚园 ……050

我们一起傲立｜王成钊 ……051

禹王台随想（外一章）｜栾承舟 ……053

诗情，在老酒中沉醉｜夏寒 ……054

俯首低眉（外一章）｜红筱 ……057

青花瓷（组章节选）｜爱斐儿 ……062

"天鸽"来了｜木京 ……063

安吉诗章｜晓弦 ……065

江津物语｜周鹏程 ……067

夕阳下的老纤夫（外一章）｜曹雷 ……071

光的使命（节选）｜亚男 ……073

滑州，擎起满天的风帆与云影｜徐慧根 ……075

桑多河畔｜扎西才让 ……078

种子发芽（外二章）｜王景喜 ……079

读心｜谢显扬 ……080

只有你是真实的｜灵焚 ……082

大河之声｜黄刚 ……084

辑二 碰撞的声音

断章｜谢克强 ……087

雀（组章）｜李耕 ……089

用一辈子，咳出三生难忘的回忆｜皇泯 ……090

雾海孤帆｜徐成淼 ……092

诗瑜珈｜严正 ……093

仁慈（外二章）｜徐孝先 ……095

青花瓶｜王舒漫 ……097

这是谁的河流｜雨倾城 ……098

航海者｜庞华坚 ……099

与时光一起走（外一章）| 蔡照波 ……101

泰山无言（外一章）| 苏雪依 ……102

淇河书简 | 李霭 ……103

神话中国 | 饶远 ……105

枫叶红了（节选）| 赵振元 ……106

红屋顶 | 蒋登科 ……108

仓央嘉措心史：一个人的西藏（节选）| 洪烛 ……109

豪雨 | 高伟 ……110

大鹏湾 | 宋庆发 ……111

眉州记事（节选）| 李俊功 ……112

父亲 | 刘海潮 ……113

洮水，生命的奇迹 | 宋晓杰 ……114

翻越后山坡 | 花盛 ……115

医院 | 语伞 ……116

滇南走笔 | 唐德亮 ……117

汶川地震十年祭 | 喻子涵 ……118

如果一朵花多开了一次 | 方文竹 ……119

生命的另一种状态（外一章）| 封期任 ……120

耄耋老人（外一章）| 王元 ……121

归园田居 | 马东旭 ……122

湖光岩 | 林延军 ……123

木匠书·动作（节选）| 唐力 ……125

春天的诗笺 | 林进挺 ……126

午后，风像一位不速之客 | 潘志远 ……127

纸上的牡丹 | 堆雪 ……128

安化姑娘，我想对你说 | 陈建族 ……130

草原 | 王小忠 ……131

一群白鹭，在今晚飞过 | 华海 ……132

我站在天山之巅 | 孙善文 ……133

归来了！梦想启航的驿站（外一章）| 唐雪群 ……135

松（外一章）| 李成 ……136

水彩画里的东涌 | 牧风 ……137

心路 | 朱东锷 ……139

稻草 | 许泽夫 ……141

大海把一个小孩变成了老年丨沉沙	……142
久违的琴声丨洪芫	……143
西辽河丨侯洁春	……144
一页不知寄向何处的小诗丨徐福开	……145
藏南春韵丨鲁本胜	……146
《芳华》观感兼怀老时光（节选）丨刘俊科	……147
石头的村庄丨莫独	……148
且听风吟丨王俊辉	……149
巴音布鲁克草原丨雁歌	……150
消失的村落丨王明伦	……151
山水间，草木在梵唱丨黎金文	……152
没有炊烟的村子丨曹立光	……155
欧阳断碑丨崔长灿	……156
一个让灵魂归来的地方丨任俊国	……157
延安印象丨江涌	……158
深远的老院子丨毅剑	……159
粤北的山丨温阜敏	……160
豹山丨邱雨秋	……161
金堤河丨李红旗	……162
隐于林丨徐庶	……163
一鸟飞去丨刘赞科	……164
朔望咏叹调：流年丨剑钧	……165
与花为邻丨文榕（香港）	……166
桃树上空的月亮（外一章）丨丘海念	……167
爱一个人要缓慢，像衰老……丨向天笑	……169

辑三　起伏的音阶

幻想之物（外一章）丨卜寸丹	……171
故乡张坂丨庄伟杰	……172
五月丨邱春兰	……174
南行记·唐家湾站丨香奴	……175
群山之巅（节选）丨霜扣儿	……176
江岸边丨陈劲松	……177

一曲关于梅的佳话（节选）

  ——九曲红梅｜雪漪 ……178

苦中含香是一株蒿的铺叙｜李振君 ……179

醋｜陈茂慧 ……180

文成公主的传说｜王忠友 ……181

阒寂｜王崇党 ……182

回响：鹰之翔｜倪俊宇 ……183

在北五省会馆看戏｜陈平军 ……184

箭一般放开四蹄｜那女 ……185

石头：故乡的骨头｜谭词发 ……186

马兰花大草｜许文舟 ……187

沙田夜话｜巫国明 ……188

大运河｜王剑 ……189

沉默的石头｜徐澄泉 ……190

里斯本海边缅想｜冷先桥 ……191

大海之歌｜容浩 ……192

黄石的槐｜施迎合 ……193

喀纳斯湖｜仕凉 ……194

采艾草｜薛贞 ……195

梅花三弄｜卢静云 ……196

虚拟的眉山｜白炳安 ……197

致宝贝｜刘建芳 ……198

草一样闭目养神｜李虹桦 ……199

桃花｜杨永可 ……200

黄河故道，梦与醒的距离｜棠棣 ……201

措美峰｜阿垅 ……202

一颗雨滴｜苏建平 ……203

生命树

  ——锦冠镶嵌大镜山｜刘承伟 ……204

远方｜萝卜孩儿 ……205

在露珠中复生｜范恪劼 ……206

一枚果核｜符纯荣 ……207

铃声｜王泽中 ……208

寒冷中回望的故乡｜刘慧娟 ……209

娘的大雪｜张少恩 ……210

鹤峰之夜｜陈颉 ……211

芍药谷之恋｜丛林嘟嘟 ……212

大车厂，古树环绕的村寨｜陈顺 ……213

空山新雨｜风荷 ……214

卖刀村｜唐鸿南 ……215

镜子里，看太阳从海边升起｜眉儿 ……215

石匠父亲｜周文兴 ……216

忘却之书｜敬笃 ……217

大河汤汤｜张生祥 ……218

长河传奇｜张晓林 ……219

坐在往事里看村庄｜乔书彦 ……220

童话的冬天｜云子 ……221

新与旧的无与伦比｜葛道吉 ……222

花好月圆｜马原 ……223

白杨｜张敏华 ……224

村庄｜湖南锈才 ……225

在印度洋赤道南方8度｜孙松铭 ……226

等待｜吴锦雄 ……227

母亲｜纳兰 ……228

颤抖｜董喜阳 ……229

大风之夜｜任浩 ……230

砚｜潘新日 ……231

沉寂｜邵超 ……232

高铁满载阳光｜赵克红 ……233

石嘴山（选节）｜叶晓燕 ……234

断章与碎片｜王宏雷 ……235

兴城，诗意古城｜北城 ……236

自由的云｜陈俊 ……237

东大门·石码头｜陈惠芳 ……238

格桑花开的幸福（节选）｜商野 ……239

森林杀手｜李志亮 ……240

时光在，你就在（节选）｜贾文华 ……241

烈日灼心（节选）｜孟甲龙 ……242

六家巷｜姜华 ……243
水稻｜阿土 ……244
秋日午后｜杨建虎 ……245
滑台故土，我寄养了一杯乡愁｜丁济民 ……246
祖屋·父亲·母亲｜陈泗伟 ……247
向晚的钟声｜冷雪 ……248
长安酒肆｜王琪 ……249
红砖文化馆｜蔡飞跃 ……250

辑四 网风的馨香

异客｜周庆荣 ……253
边野小镇｜郑小琼 ……254
云龙山水｜萧风 ……255
苍穹的姿态｜唐晓虹 ……256
烂泥（外一章）｜一舟 ……257
恋蝶情结｜王志清 ……258
我们的香山（节选）
　　——六十年友情聚首｜钟子美（香港） ……259
乡亲｜羊子 ……260
石头之上的水滴｜地父 ……261
雨夜怀人书｜黄金明 ……262
马头琴随想（节选）｜熊亮 ……263
乡渡｜朱祖仁（香港） ……266
阳光打在水泥地上｜天涯 ……267
恋上一个大海不如去爱一滴水｜冬梦（香港） ……268
山场｜蔡旭 ……269
安化九章之神韵安化｜蔡华建 ……270
花雨｜虞锦贵 ……271
长城雄风｜杨立谦 ……272
冬日淇水｜郝子奇 ……273
我一个人站在秋风里｜邹业本 ……274
下辈子，我不再做你的唯一
　　——纪念母亲诞辰88周年｜舒婷 ……275

今日 | 宋清芳 ……277
黄色：黄花待明日，萱草能忘忧 | 洪天丽 ……278
安化断章 | 罗燕廷 ……279
秋天，城市沉沉睡去 | 何欣遥 ……280
跑云 | 李衔夏 ……281
街灯 | 袁雪蕾 ……282
若尔盖草原 | 雁歌 ……283
再不回家，故乡就老了 | 沈阿红 ……284
滴滴湖，追忆德国的一片镜面（节选）| 张中定 ……285
松口古镇 | 林志山 ……286
品味安化 | 刘华珍 ……287
天空 | 陈其旭 ……288
云帆追日（外三章）| 王成钊 ……289
茶马古道 | 吴春红 ……291
今夜，又见蓝花楹开 | 阿鹏 ……292
风干的石榴 | 张雷 ……293
古蓬村 | 宁越 ……294
时间 | 崔国发 ……295

空白美与空间美
——序《2018中国散文诗年选》

_陈惠琼

　　一种模糊的叠印和交错，给人一种朦胧的想象的空间。这是艾青的散文诗《海员烟斗》《灰色鹅绒裤子》的审美效应。

　　"空白美、空间美"，为散文诗自身艺术美的价值，令人回味无穷……

　　著名作家柯蓝在其《中国散文诗创造概论》（人民文学出版社出版）一书里谈到：在创作中要从一个意境跳跃、转换到另一个意境，自然就会出现一种空白，这就是作者刻意安排的一种"空白美"。有诗的意境、诗的跳跃，呈现简洁、清新的美，是散文诗创作的真谛。

　　2018年的散文诗佳作可以说较为充分地体现了这一特质。

　　罗铭恩的散文诗《走过达坂城》这首散文诗，"汽车开到达坂城的边缘地带，一排排巨大的风车群出现在我们眼前。那是天山儿女利用大自然的伟力，实行风能发电"，第一段从"我们眼前"跳跃到"风能发电"，出现了第一个空白。"这座全国最大的'风电场'，为天山南北送去源源不断的动力和灯光。风，成了光明的使者"，第二段从"风能发电"跳跃到"动力和灯光"，出现第二个空白。第三段从"动力和灯光"跳跃到"光明的使者"，出现第三个空白。

　　这两个自然段中出现的空白，是从一个意境到另一个意境的转换、跳跃、推进。于是作者这种意境与意境之间的一种停歇，省去之间的"长"。"风能发电"一个段落推进为"动力和灯光"这个段落。而虚实结合，"那是天山儿女利用大自然的伟力"这是虚写,"一排排巨大的风车群出现在我们眼前"这是实写。可以说,虚实相间的一种表现,产生"和谐"的"空白美"。

空白是跳跃的节奏。

"空白美"常常出现在绘画中的构图处理,音乐中的休止符号,散文诗中的空白则拓展了散文诗的空间,会给读者美的艺术呈现,增强读者的联想和思索……

柯蓝还谈到:散文诗的"空间美"比"空白美"要更广阔,更深层。它是从一个意境升华到另一个更高更新的意境。

罗铭恩在《走过达坂城》中写到,"风,成了光明的使者",来了一个更大的跳跃。升华到哲理,给人一种时空感,一种空间美。

"唱起《达坂城的姑娘》,你会因这首歌而记住宏丽的风之城,同时记住古丝绸之路的一个驿站、一条轨迹、一群梦中的姑娘",这是作者对达坂城的丰富具象的呈现,亦是这段临近结尾的写实,把整首散文诗的意境推向了高潮。还有这一段"于是,我们加速去追逐那个魂牵梦绕的故事",这样的构思,极有力地增强了"空间美"的特征。

再看周鹏程的的散文诗《江津物语》,以里面的《笋溪河》(节选)为例:

河岸竹围的步道,隐藏着一个虚怀若谷的千年古镇。
索桥摇晃,晃动着悠悠岁月。
古镇的美,有时是一种声音。
水声如更声。
老街虽老,但不佝偻。
古镇虽古,却有姿色。

文中"一种声音"是个空白,而往前推进至"水声如更声",这又是个空白,是作者一种心灵的契合、想象和联想。"老街虽老,但不佝偻",可见其内蕴的深沉;"古镇虽古,却有姿色",预示了一个光辉古镇的未来,作者追求一种抒情的延展。

"有时散落在缓缓流走的河水里,有时具象成停坐在石桥上的少男少女",作者的表达,充满了生活的气息,这是一种写实的手法。"有时凝聚在老街上的门联里",这是一种根植于古老土地上农民似的情怀……

全文还围绕"隐藏着一个虚怀若谷的千年古镇"的意象来展开,作者要追求一种属于自己的个性的隐喻。

散文诗的空白是指什么?散文诗人在创作中特意留下某些诗意的空白,情感的空白,如"就有那么多张脸一味地凑到这个湖面上……并微微荡起波澜",让读者在阅读后联想,补充。"投来的只是一张浮光掠影的脸",这就是徐慧根散文诗《滑州,擎起满天的风帆与云影》里的《千翠湖》的空白表现。"我无处躲藏,只能如湖水般坦诚而坦然。"当读到这里时,你会觉得作者这首散文诗充满了灵气、灵性及韵味。这就是散文诗的空白美与空间美有机结合所产生的诗性之美的审美效果。

阅读本年选,你将体会到散文诗的奇异光彩,特别是语言凝炼、诗味浓郁、寓意深远。而波德莱尔所梦想创造的奇迹,即"几分柔和,几分坚硬。正谐和于心灵的激情,梦幻的波涛和良心的惊厥",说到底就是一个"情"字。一首好的散文诗必须具备意境与哲理的美学特征,读者可以在本年选中欣赏到。

2018 年 10 月

辑一 大地的璀璨

生命与爱·我的缱绻……

_刘虔

我的缱绻在远方

水上的航程在水上。而更深远的航程却是在心中。这是英格兰土地上的一片水域。游人如滚落在地的熟透了的果子，到处淌着果汁，显形留痕。尽管水上有风浪，波光粼粼，展开了柔情似水的诱惑。岸边的白楼旅舍如同栖居这里的白天鹅连翩而出，楼里的故事照常演绎着人生或有的悲与喜，得与失，美与丑。但我心中的缱绻真的不在水面与水湄的风情。我的缱绻还是在远方，在草原上一座崛起的城域里的小楼上。思想结晶成一粒粒红豆的相思。相思无尽了。想到那里的空气沁润在雨的香息里，定然有了雨的气韵，有了雨的淅淅沥沥的梵音梵语。花儿是这里的真正主人。红的是玫瑰。紫的是薰衣草。而囊括了全部女子女性与母性之美的是一种叫康乃馨的阆中草。此刻，我与众多游人同游温德迷尔湖，心中想起康乃馨，我的眼前顿时失却了湖光波影，全然是相思难移的另一番风景了啊！

念三毛。 泪倾撒哈拉……

　　海在沙滩上鼓浪。海边，风吹得紧了。我抱住橄榄树高枝上空游荡的月亮。抱住一颗流浪的心，和心上的近在远处的流浪。哪里是我的归途？哪里有我日思夜想的村庄？海在沙滩上鼓浪。海边的风翻舞浪花，任海水涨过天际，远过云彩，远过无数的空阔与失落。一页一页，掀开躲在深渊灌木丛里的记忆。那里，或许有我的归途，和归途中时时可遇你书写在橄榄树下的清冽与安详。"为什么流浪，流浪到远方？"一颗困倦的心背负一生困倦的爱的寻觅，涉水而渡。伴沙而居。迷情而幻。钟情而痴。一切，只为凌空搏击于沙地琼宇之上，都是情在天堂或地狱间的飞跃。你已然来过又走过，还会风雨里不歇长往。如一支相思秋光的秋荷，沉迷秋光十里有荷香。珍守孤独，颔首吟哦，绝于绝望。啊啊，海边的风吹得紧了。海在沙滩上鼓浪。一枚月亮，高过橄榄树上的长夜，已然疲惫着。疲惫着空守她的海洋……

　　（选自《湛江科技报》2018年10月26日《南国散文诗》第13期）

周庄三题

_ 王剑冰

放任的形态

这是一个完全地可以打开自身的地方。

无论是在水的两边的石阶上还是树影下,还是躬着或不躬着的桥上,还是飘着各色幌子的小小的酒肆茶店,你都可以放任自己的形骸,想打开到什么程度就打开到什么程度,即使是平时看了是一种很不雅观的姿势。

在打开了这种形态的时候,其他的就都关闭了,你的烦躁,你的苦恼,你的忧伤,你的红尘思绪,你的喧嚣中的躁动,都变得一片空白。

打开吧,尽情地晾晒自己,在有阳光的白天和有月光的夜晚,靠在周庄的某一个部位上,舒坦地听水的周庄絮絮叨叨,说着你似懂非懂的话语,让时间无节制地在醉眼蒙眬中流走。

即使打开一壶阿婆茶也会醉啊,醉在不知原由的放任里。你许把那酒与茶也当成了水乡,沉进去就不再想出来。

叫不出名字的鸟

我是不经意间看见它们的,它们安详地相伴在一些叶子的后面。

我叫不清它们是一种什么鸟,也叫不清它们所落的树是一棵什么树。

它们不时地动一动羽翅,但并不飞走,不时地稍微挪动一下抑或是站得有些麻木的红脚趾，而后还是要站着。

是的，它们不能像人一样地躺着，而且还会搞一张舒服的床，它们许整夜整夜地站着，睡觉或者不睡觉，说话或者不说话。

它们裹着厚厚的羽，像刚从西伯利亚归来。那羽也少了光泽，真的经了风雨。

有时说不准是公鸟还是母鸟会啄一啄母鸟或公鸟的脖子，像帮它拉一拉领口的围巾。亲密的举动仅此而已。

这是两只有些岁数的鸟了，它们的子女许飞得满世界都是了。也不知它们是什么时间做爱，什么时间生产。在我长久观察的时间里，它们就是这样地拥立着，什么都没发生。

看来鸟也是需要伴的。生下的蛋再多，老了依靠的还是一个情。这时我便感到它们变得亲切起来，它们就像一个哲学名词，或一个寓言在我的心灵里朴实而亲切地抖动着羽翅。

两只可爱的鸟儿，在我住在周庄的这几天里，我经常地会看到它们。

在我的窗外，在窗外的那棵树上，那是两只叫不出名字的鸟儿，那是一棵叫不出名字的树。

柳的意思

说完了香樟，我还是要说一说周庄的柳。

这是周庄最多的一种树，也是周庄里最美的一种树，是周庄的最好搭配。

如果把周庄比作江南秀女，那它就是秀女的发，如果把周庄比作苍髯老者，它就是老者的须。

它夹岸而生，细细长长的丝绦直垂在水中。

白天的时候，你会发现水中漂满了它的身姿，它将水都映绿了。

柳不会发出香樟、桂花、栀子花那样的香气。你仔细地闻也闻不出什么气味，顶多是一股本色的青气。但它衬周庄，它使得周庄充满生活的情调。

要么直直地站立，要么歪歪斜斜，有的甚至歪斜到了水面，柳丝也就或是拉成了直板，或是梳成了长辫，或干脆乱发飘荡。

那样，也就要么是水边远眺，要么水边濯洗。

让人想象女子生活中的各种时态。

柳让周庄变得活泛而真实、自然而亲近。

（选自《水墨周庄》集 2018 年 1 月）

美丽的灵魂（外一章）

_海梦

平地上升起一栋栋高楼大厦，高耸云天。城市的喧哗在微风中闪着翅膀，把幸福、快乐和爱情的甜蜜送进每家每户。新生活的一天，在温暖的晨光中开始。

推开落地门窗，一抹花香，在微风中灌满一屋温馨的梦幻。

远远，有一群建筑工人，正在新的工地上开掘新的房基。他们头戴黄色安全帽，身穿灰色劳动服，把希望和未来的美丽种进心里，指望秋后收获一堆硕果。

一幢又一幢新楼平地而起。他们把智慧、汗水和旺盛的精力炼成人间温暖，因此，祖国大地才这般美丽，高楼林立，繁荣昌盛！

建筑工人，建造起那么多高楼大厦，而自己却毫无奢求。

我爱你，建筑工人

你的生命在岁月的巅峰，开放灿烂的花朵。

一栋栋高楼大厦，从你的脚下升起，人类的幸福扎根在你长满老茧的双手里。你的智慧、你的汗水、你被烈日晒红的脸庞、寒霜冻裂的双手，抒写着建筑工人坚强的意志和无私的奉献。

高楼落成，你远去的背影，带走了人们含泪的目光。

人类感激你，你是他们的恩人，没有你，大地只是一片荒凉，你一生的心血，浇灌出这些美丽的花朵。

（选自《建筑工人》2018年第5期）

布达拉宫顶上的雪

_王宗仁

在沙尘飞扬的日子里,拉萨人盼着一场雨。
雨正走在通往春天的漫长路上。夏风拦截了它。
雪花飘飘洒洒地覆盖了八廓街。

雪在空中走路的姿势美得让人心醉。
像抖动着的软软印花布。又像碎银在飞撒。还像藏女闹心的歌声。
拉萨的每棵树都挂着一身肃穆。
最数布达拉宫金顶莹亮,晶美。

不善言辞的雪美化了拉萨,把它温柔的手抚摸到寒风到达不了的布达拉宫的背后。
雪夜,拉萨进入梦乡。
裹着白雪的金顶不再是虚构的月光。
一只迷路的爱情鸟在大昭寺前的唐柳上扑棱着翅膀。
也许它想起栽下这棵长安柳的文成公主,这究竟与雪有什么相关?

(选自《湛江科技报》2018年10月26日《南国散文诗》第13期)

《背负》及其他

_耿林莽

背负

当黄昏进入
茫茫的草原,每一片叶子感知瑟瑟的寒。阴影随风,完成了快速的占领,世界正一点点暗了下去。

背负:蓬松松的草篓,背负在你瘦瘦的肩,
草原上的弱女子,风吹你额前的短发,一如草羽。
夕阳依依,为你披一袭浅红的薄衫。

穿越:野树林子为你铺下幽深的长廊,叶子们窸窸窣窣,谁也不敢大声说话。
当你进入,浅红色薄衫已褪成贫血的苍白,随即被幽深的树影染黑。

然后是小巷的残墙断壁,然后是石板缝的荒草萋萋,当你推开低矮的木栅栏门,黄昏已布满了你的小院。
卸下草篓,像是卸下了沉重的草原,
这时候,黄昏已被浓浓的夜色吞噬,沉入深渊。
背负,你只能背负,你无可逃脱。

点起灯来么?

哦,不!

拨通手机,声音穿越黑暗,流向地球彼端。

密西西比河岸,此刻正是晨曦,浅绿色草坪上,一个蓝眼小男孩,迎着拂晓的风,在放牧他的白鹅。

(选自《散文诗》2018年第10期)

荷生于野

荷生于野,野即自由。

一亩方塘,斜倚着岸。岸边杂竹丛生,几株芦苇的叶子,疏疏散散。

浅浅的碧波,一把把团扇,风的手举着。绿幽幽的叶盘上面,是朝露浑圆小雨水的颗粒,还是谁的一滴泪珠?银光闪闪地,滚动,忽又神秘地隐没。

如梦之失。

有鸟飞越,一掠而过。

小小红蜻蜓,伫立在尖尖的荷之角,然后又飞向了另一叶荷,

传递着隐秘的情书。

爱情成熟的时候,情窦初开的花朵脱颖而出。

没有大家闺秀的堂皇富丽,也不是小家碧玉扭摆的娇羞。

是乡村里的俏女子,坦然赤露的乳,圆润,肥硕,光滑,丰满,颤巍巍地展现野性的温柔。

水下面,根藕纵横的周边,是小鱼们游戏的场所。

鱼戏莲叶东,

鱼戏莲叶西。

鱼戏莲叶南,

鱼戏莲叶北。

一千年两千年过去,这游戏还没有结束。

荷生于野,野即自由。

(选自《大沽河》2018年第2期)

望乡(外一章)

_王幅明

滑县的历史,始于古滑国;滑台的记忆,始于滑伯。

大约公元前一千年,周康王执政时,封周公第八子伯爵于滑国,史称滑伯。滑伯勤政恤民,敬德崇礼,颇受民众拥戴。因王命在身,无召不得还京,天长日久,乃筑就数丈高台。每每登台西望,以慰乡愁。

之后滑国都城迁于偃师,但滑台遗址犹存。

往昔州县衙署,今为育人校园。学子们追古念贤,集校内古滑台断碣残碑十余通,于校园一隅,建成滑台遗址碑林。松柏映衬,古意盎然。一通《滑伯祠记》残碑,记载了滑伯的陵墓,印证了滑县悠久的文化传承。历代县令上任,必先到滑伯墓前祭奠。

一个个斑驳的石碑,带我们回望远古。

滑伯墓侧,有苍劲古拙的丝棉木一株,传为滑伯亲手种植。虽历经风折霜摧、电击雷劈,屡遭战乱兵燹,却一次次涅槃重生。可是滑伯的灵魂保佑?

用想象垒起土台,纪念远古的贤人。

站在滑伯的望乡台,一眼望见三千年前的风景。

运河无声

隋唐大运河从道口镇流过。

它拐了个弯，带着五谷、锦缎、美酒和先辈的笑声，飘然远去。

它留下骄傲：刻在古城墙的断壁上，顺河古街的店铺间，古渡口的石阶、码头上，已经变窄了的河床和静静的流水里。依稀辨认石阶门洞"山环水抱"的匾痕，残存的水闸。

它们见证了千年之久的航运。留存下来的义兴张道口烧鸡老铺、同和裕票号、德庆诚绸缎庄的铺面旧址，两座巨大的粮仓和通往运河的专道，记录了古镇曾经的繁荣。

早在东汉，曹操已在黄河故道疏浚，通航漕运，时名白沟；隋炀帝时，集六年之功，挖通连接京都长安、洛阳至扬州的运河，成为中国的动脉。犹如雨后春笋，沿岸一座又一座城镇相继出现，道口镇应运而生。

老年人清晰记得年轻时目睹过的航运盛景。只是在几十年前，因为废水和垃圾，河道淤塞，永济渠卫河段惨遭废弃。

道口一面街旁的旧舍、古城墙、卫河及多个渡口码头，已成为永恒的记忆，列入古镇的历史遗产，受到保护。

在河堤大道徜徉，仿佛读一部历史大书。里面有先人的欢笑、骄傲，也有郁闷和血泪。

运河无声。我听出了它心中的澎湃。

列为世界文化遗产名录固然不失荣耀，但它更愿意延续历史，复兴昔日的辉煌。

（选自《中原散文诗》2018年第1期）

人生风景

_西中扬

老的感觉

一生多少寒战,寒透了脊梁,老来太阳晒在背上,既去去阴气,又舒适安详。

城市的月亮

城市的月亮,别以为孤独,那万家灯火,不过是一片蜡烛,诗和远方还在,只怪人的脚步匆忙。

榕树气根

下面是水泥地,真的让英雄气短,一根根飘在空中,似寒碜,又似感叹。不,与大榕树一生相伴,让人看,长须短髯,别是一样风景。

城市的蝴蝶

城市的蝴蝶翅膀，多硬多重多长，穿过钢铁般的楼群，寻到花香，只见翩跹，谁言轻狂！

树的志气

即使大森林里的树，也不是相互靠住。
东倒西歪都是病态。枝叶交错，也不是钩心斗角，各自努力向上，才有苍翠蓬勃。

木工小谢

难言的苦和累，汗珠不停地流过脊背，忙碌不迭的手脚，让木头也活得精粹。有酒也醉，无酒也醉。

水田一瞥

站在水田里，弓着腰也能写诗。那一行行秧苗的鲜活，映着水天的别致。

眼科手术

面对面，感到了呼吸，不分男女。不论陌生，或是熟悉。
凝重的是，成与败的较量，健与病的磨砺。
轻松的是，医患的亲密接触，人间爱的传递。

能量场

满腔的能量,必须释放。无论是萤火虫,还是太阳。无论是一国之主的君王,还是做烧饼的老王。

不是火山喷发,就是鲜花怒放!

一种关系

虽然也算促膝,就是不能恳谈,滚滚波涛横中间,你在南岸,我在北岸。

(选自《湛江科技报》2018年10月26日《南国散文诗》第13期)

黄果树大瀑布

_邹岳汉

泄流千尺。
作雨。作雾。作虹。
风雷阵阵。

——早已不是当初那条没见过世面的乡间小河,像是一群驯服而又有点顽皮的小山羊,被遮天蔽日的青山翠谷牵着,从高寒偏远的山冲出发,忙着去赶场赴集似的,一步三跳,孜孜矻矻绕坡越坎——一路上,还汇合了众多的溪、泉、潭、涧,已然是一条声势浩大威猛,一往无前的壮年河。

十里开外就看得见的，那棵高大、神奇，

四季撑开一朵绿云，百年等来一次挂果的老柚树呢？树上悬挂的那枚据说孕育着一条金牛的黄金果呢？

甜甜的憧憬。酸酸的诱惑。

一条伟大的河流善于顺势而为，也敢于适时地拒绝。

拒绝风平浪静、循规蹈矩的平庸。

拒绝先贤圣哲们对于未来路径并不高明、也不确切的指引。

拒绝大地保姆似的呵护与依托；

拒绝两岸绵亘山峦对你言谈举止的一切规范与约束……

于是，在濒临没有其他任何出路的悬崖绝壁最后一刻，一抖擞，惊世骇俗地凌空一跃，化作一条裸体的河流！

从此，获得彻底的解放与自由。

远雷。近鼓。

飞流直下的满腔豪情，淹没古往今来多少墨客骚人堪称不朽的吟唱；绝处重生的壮美，泻入无数星眸闪烁、偏爱夜半抬眼望月、深不见底的犀牛潭，在站立崖下那些仰望者敞开的心底，激起层层飞珠溅玉，势若开辟新宇的壮阔波澜。

余波纷涌。挤挤攘攘地，重新汇聚成一条气势更为轩昂的大河，滚滚东去！

（选自《青岛文学》2018年第4期）

安吉感情

_黄亚洲

鲁家村童话

我愿意把这列漂亮的小火车,看作是一只穿珍珠项链的小手。

每天,它都要把十八颗珍珠,串连几十遍。

这十八个美丽农场的名字,分别叫作:葡萄、红山楂、野山茶、高山、中药、竹园、蔬菜、鲜花、水果、香草园、精宜木作、养羊、养鸡、香菇、养鱼、珍稀树种、野冬笋、铁皮石斛。

春天、夏天和秋天,都坐在这列小火车上,往各自喜欢的地方,泼洒自己喜欢的颜色。

显然,大小游客全被色彩击中了:在山楂林里他们是山楂;在蝴蝶谷里他们是蝴蝶;在拓展营里,他们是迷彩服;在跑马场中,他们是嘶鸣声。

一个曾经打着补丁的山村,由于坚持相信绿水青山与童话,相信改革与资本运作,突然在网上爆红,被预订和私家车蜂拥叮咬。

我同情那位姓朱的带头人,每天被记者、访客与荣誉追得团团转。他集村支书与董事长于一身,他是当之无愧的小火车的车头;如果说,新时代的中国,是一列大火车的话。

在帐篷酒店，看安吉茶山

茶山蜿蜒。

茶山那种春天的味道与女人的味道，只有在我坐在帐篷酒店里品茶的时候，才能品出味来。

是的，一个绿旗袍女人横卧于眼前，曲线起起伏伏。

太阳正在落下去，她鬓边，三两朵茶花开了。

而那年头，我是怎么呵斥茶山的？我呵斥的是那群刑满留场人员，快干活快干活快干活。可惜，那年头，连茶山也一并呵斥了。

那年头，真是不懂茶山的黄昏：山坡上最高的那排波浪，会吐出那么多的彩霞；不懂得波浪的静止是那么好看，更不懂得什么叫旗袍与女人的横卧。

真相是，那年头，我是在呵斥自己的青春。

我的青春，是血与骨头的吵吵嚷嚷，全是人家的口号。

安吉，你是我离开城市的第一个人生帐篷。我胸前那朵上山下乡的大红花，是我挂出体外的心脏。那年头，中国人的心脏，都要公示于众。

茶山那种春天的味道与女人的味道，只有在我此刻，坐于帐篷酒店里品茶的时候，才能品出味来。

茶山现在看我，也像是看见了一颗真正的茶籽。

她认为我，已经不可能再与春天以及女人为敌；认为我，还有可能，开出一朵夕阳的茶花。

（选自《散文诗人》2018年总49期）

走过达坂城（外一章）

_罗铭恩

一

达坂城，风谷中的一支神曲。

夏末，我们驱车从乌鲁木齐出发，往热情如火的吐鲁番奔驰。途中，走过我们的必经之地达坂城。

早就听说奇异的自然景观和博大的丝路文化，在这里形成一个独特的交汇点。巍峨的博格达峰、纯朴的白水古镇、奇美的湿地、神秘莫测的"中国死海"，就在达坂城的境内。

早就听过和唱过那首风靡天山南北的歌曲《达板城的姑娘》，那美妙的词曲至今依然让人回味无穷。一首歌就是达板城的一张名片，也是这个城市一个美丽和青春的符号。

即使你没有到过新疆，没有到过达坂城，只要一听到那首歌的旋律，都会情不自禁地翩翩起舞。而你的心中自然而然地走进那位美丽姑娘的倩影。

于是，我们加速去追逐那个魂牵梦绕的故事。

二

一条宽阔的马路穿越市区，我们的汽车也穿越这个久远的传说。

道路两旁的建筑物栉次鳞比，几乎是清一色的清真式房屋。圆拱形的房顶，圆拱形的大门，还有奶白色的外墙；错落有致的平房和两层楼房紧密相连,使这座城廓彰显出浓郁的伊斯兰风情。

长年席卷而来的风沙使达坂城关门闭户。这个戈壁之城,处于天山中部和东部之间的谷地风口,因此而被称为"中国风谷",又叫"风之城"。一年四季,来自西伯利亚的冷风与大沙漠的热气激烈对流冲撞,汇聚成大风经天山谷口吹向达坂城,使这座城市长年累月刮起风沙。

汽车开到达坂城的边缘地带,一排排巨大的风车群出现在我们眼前。那是天山儿女在利用大自然的伟力,实行风能发电。

这座全国最大的"风电场",为天山南北送去源源不断的动力和灯光。风,成了光明的使者。

三

汽车继续行驶,我们继续去追逐那支历久弥新的心曲。

始建于公元六世纪的达坂城,是西域境内重要的军事重镇,也是联结南北疆的咽喉要塞。小城聚居着10多个民族的儿女,其中不乏年轻貌美的姑娘。

史志中有记那位名叫康巴尔罕的美女拒绝了有钱有势的巴依老爷的求婚,最终嫁给了真心爱她的青年马车夫。

忘不了西部歌王王洛宾,用歌曲把达坂城的美丽故事传遍天下;也正是奇丽无比的西域风情,给了王洛宾艺术生命的永恒。

唱起《达坂城的姑娘》,你会因这首歌而记住宏丽的风之城,同时记住古丝绸之路的一个驿站、一条轨迹、一群梦中的姑娘。

汽车走过了达坂城,我们的耳畔依然响起那首脍炙人口的歌曲。忽然,在我们的前面,出现了一条丝绸古道,道上有一位带着嫁妆、赶着一车春天的姑娘在纵马奔驰……

(选自《散文诗人》2018年总第50期)

早安,喀什古城

梦筑高台

每天,当太阳还揉着惺忪的睡眼,几双历尽沧桑的手,就打开了喀什的城门。四位通晓古今的老人，摇醒了西域的早晨。

这个仅有4平方公里的小城，有着不老的传奇。

喀什旧城的古民居构筑在高坡上，俗称"高台民居"。那一栋栋年久失修的土屋，披着千疮百孔的外衣；那一道道裂开的墙垣，要把阳光禁锢在自己的裂缝里。有时，塞外的风沙掀走了颤抖的屋顶，戈壁的大雪压塌了老屋的寒梦。

喀什古城呀，谁来拯救你的前世今生？

修复一座旧城，保存一座经典。古城保护的号声响起来了，浩大工程感动了上苍。古老文明在一砖一瓦、一杉一木的注入中得到了新生。

白天，阳光在翻新的屋顶踱步，惊看这复古之战的神奇；夜晚，月亮在云层里挤出身子，领略这怀旧之风的纯粹。

一座险象环生的危城转危为安了。如今，喀什古城的高台民居，重塑了文化遗址的风貌。数百座用泥巴和杨木搭建而成的土屋，历经风雨后容颜不老、古风依旧。

啊，高台民居，你既是那么古老，又是那么年轻。你与星空握手，与古月对话，你与全城的生命一起，迎接每天的朝阳。

古典婚纱

轻柔的婚纱，诠释着古城喀什的风韵。

一个古典式婚礼在古城举行，新郎是一家铜器店的东主，新娘是一家丝绸作坊的新主人。

作为古代文化的传人，新郎把自己亲手打造的雕花铜壶摆放在窗台上，新娘穿上了自己亲手制作的艾德莱斯绸婚纱。

说不清哪一年哪一月，新娘的父亲从父辈手中接过一间特殊的染织作坊。这间作坊采用西域最古老的染织法，问世的艾德莱斯绸缎服饰，被称为古丝绸之路的"活化石"。

新娘穿着艾德莱斯婚纱走进殿堂，轻快的乐声撩起她低垂的长裙。那沉甸甸的"活化石"，早已化作古城轻柔的遐想。

婚礼仪式上，父亲宣布女儿为艾德莱斯作坊的继承人，失传的工艺有了云破天开的日子。

新郎和新娘互诉衷情，雕花铜壶和古典婚纱是他们定情的信物。精致的雕花活在了铜壶的梦想里，美丽的婚纱活在了姑娘的寄托中。

古丝绸之路上的丝绸呀，你终于可以迈开古典的步伐，步入现代婚姻的殿堂。这殿堂，依然蕴含着古典的美。

神曲古韵

在喀什近郊的叶尔羌河畔,传来悠扬的十二木卡姆乐曲。啊,十二木卡姆,那是一个神圣的名字,一种民间的传奇。

在醉人的乐声中,我们看到,女音乐家阿曼尼沙罕从古代的西域向我们走来。她沿着时光的河流,把十二木卡姆的音符,种植在美丽的叶尔羌河畔,也把一部宏大的乐章,种植在平民的心田。那三百多首乐曲呀,把喀什人民的平凡生活和美丽的自然风光,延伸在永不落幕的疆域里。

音乐就是生活,音乐就是人生。这经典的话语来自于古城的土壤,来自于叶尔羌河的源头。女音乐家用年仅31岁的生命,诠释了民间艺术的永恒。

昔日的喀什王储哟,你不必为早逝的妻子阿曼尼沙罕忧伤,这位从民间走进宫廷的灰姑娘,始终活在叶尔羌河畔,活在古今生命的轮回里。

听,那回归喀城的古风,不正送来了十二木卡姆的乐声?女音乐家早已把音乐的灵魂,根植在喀什古城的梦想里。

(选自《湛江科技报》2018年11月9日《南国散文诗》第15期)

巴山夜语(外二章)

_韩嘉川

好好睡吧,孩子。巴山夜雨又涨满了秋天的池塘。

道路与桥梁亦如松动的牙齿,已咬不住时光;老树的根须也抓不住山体的流向。

而昏黄的灯晕,把妈妈的影子往事一样推到墙上,然后摇曳着雨丝的窗帘儿,向外窥望。

你爸爸在远方,骑着摩托车给年轻人快递时尚;坚硬的笑容,同路旁的法桐树叶子一起，飘落满地辉煌。

好好睡吧，我的孩子。雨水填满了夜的所有角落。

妈妈怀抱的温暖与气息在淡去，像老屋烟熏的味道只是你身份的底色；条条雨线丈量着山村与城市的距离，那是你长长的命运线。

而那里的广厦已屏蔽了风雨，落地玻璃窗与高高的台阶光洁熠熠。

你爸爸在那里，骑着摩托车将外卖送到现代生活的细处；夜本来没有多少分量，是你入眠的鼻息，羽毛一样编成他的翅羽。

好好睡吧，我可爱的孩子。季节已涨满了河床。

秋虫的嘶鸣对淅沥的追问闪烁其词，阴雾中山道的走向亦语焉不详，锈蚀的铁轨依然当当敲亮漏雨教室的晨光。

瑟缩不已的枝头挂满雨珠，是另一种文字在书写天地。

而泱泱秋水，是所有的目光汇成的瞩望。

你爸爸的远方，摩托车穿过大街小巷；翻拣城市遗弃的光色，为你拼贴未来的梦想……

行囊与父亲

大街上的那位背着行囊的人，是你吗，我的父亲？

黑土地的泥巴已经将皱纹沤成了记忆，你是循着哪条道路走来的？

背着行囊背着两千里行程敲叩房门的人，是你吗，我的父亲？

桌子上吃饭的碗还是多年前的姿势，有熟识的目光和气息属于你吗？

当行囊放在地上，关东烟与靰鞡草散发着北大荒的苍凉，那是你吗，我的父亲？

黄昏的色泽老人的歌声一样缓缓地流淌，散布在街道与窗台上，那是你的吗？

背着夜的行囊，蹋蹋而行走于城市角落的人，是你吗，我的父亲？

清晨的目光重新审视生活的密码，被海浪洗磨的礁石一样嶙峋的痕迹，是你的吗？

不舍昼夜而潜行于冰下，悠长而曲折的河流是你的行囊吗，我的父亲？

幽暗的果实未必涌现于秋日的阳光里，我脸上的泪水是你的吗……

（选自《山东文学》2018年6期）

当你老了

　　当你老了，和你一起老的还有杂货店、无轨电车、电影院和路口的修车铺子鞋匠摊。还有磨砺光滑的台阶和海边的沙砾，还有郊外的枫树林和八大关那些高高的银杏树。

　　当你老了，试图告别一些什么，譬如堵塞的车流与广场舞，譬如楼厦鳞次栉比的晕眩。譬如雾霾和自来水的不良气味儿，譬如来苏水中膨胀的药价与难辨真伪的电话。

　　当你老了，在日子的边缘寻找一角秋的驿站，体味候鸟飞走的苇丛遗存的温暖。如华润的石子透着山巅的血缘，风的基因在红叶中显现成寓意深远的诗笺。

　　当你老了，把杯子和桌面收拾得很干净，让晨光来的时候看上去风采依旧。摇着夕阳归来的业余渔夫，会要一大杯泡沫丰满的生啤酒，然后吐露海浪与礁石的语言。

　　当你老了，时间的余温沉淀在窗台上，像蓝天白云一样干净。

　　没有雪的冬天也是冬天，季节的架构与折叠总少不了慈祥目光的观望。

（选自《山东文学》2018 年 6 期）

我说过，要去莫勒格尔河（外一章）

_张宇航

我说过，要去莫勒格尔河。那里河道九曲回肠，流淌着马背民族的古老岁月；那里草原宁静安详，千百年不曾被红尘淹没。河边有银色毡房、勒勒车辙，牧人守着它，一代又一代；生活就像巴尔虎长调，深沉而淡泊。

我说过，要去莫勒格尔河。想掬河水洗洗脸，抹净从高原带来的尘坷。想倚河湾歇歇脚，深藏起大漠留给我的悲伤与欢乐。

于是，在深秋的黄昏里，我走进了陈巴尔虎草原，走进了心中的莫勒格尔河。那一刻，所有郁积的城市喧哗都已消逝，所有人生欲求都已忘却，剩下对天唱、对河水唱、对草原唱的歌，仍在晚风中传播。

数不清河水绕了多少弯，才走完大兴安岭到呼和诺日的路，一道弯就是一次沉淀、一次回顾。世间和人生总会有等待，莫勒格尔河，是我累了可以回来休养生息的老屋。

数不清河边有多少蹄印，乳牛和羔羊喝着河水长大，牧民也常在河中饮马。如今加进我的脚印，就烙上了我对巴尔虎草原的思念，还有对渴望读书的孩子们的牵挂。

我在河边转敖包，祈求长生天佑护莫勒格尔，吉祥安宁到永远。我会再回莫勒格尔，因为巴尔虎人宝力道、南斯乐玛、乌仁其其格说："这里有永远守候您的亲人；这里，是您永远的家园。"

嘎瓦龙雪山

24K（公里），扎墨简易公路上第一处驿站，攀越嘎瓦龙雪山的起点。从这里出发须一鼓作气，盘旋着上，又盘旋着下；钻出雪堆，又钻进云雾。

　　赶一个大早，爬上嘎瓦龙的半山，为了追寻它清晨离不去的梦幻。

　　11月，它已银装素裹，隔断了墨脱路，却隔不断早行人的墨脱情。

　　一支队伍踏雪走来，是为了给墨脱人民送来关爱。到墨脱去的干部，相同的待遇就是走路，从县到乡，都这样走村串寨。

　　这是广东来的钻探队，沿着雪胡同开上了嘎瓦龙雪山。真能挖一条穿山隧洞，扎墨公路就不再有雪胡同，一年四季都能保持畅通。脚踏雪山，头顶朝阳。登上雪山，就看到故乡。

（选自《散文诗人》2018年总第49期）

湿地（节选）

_钟建平

1

我们的灵魂需要一块湿地，
让美好的事物怡然地生长。

原来大自然就拥有的湿地，
现在我们人类把它还回去。

这个舞台上演物种的盛宴，
演绎唇亡齿寒和兔死狐悲。

莫让湿地保护区徒有虚名,
成为了物种灭绝的纪念碑。

泡沫爆破后万物归于沉寂,
荒芜再次成为世界的核心。

生命和精神最后的桃花源,
命运注定我们要保卫家园。

2

种子的幸运是遇见肥沃土壤,
花朵的愿望是结出丰硕果实。

人生重要的是学会忽略不计,
我和满天繁星没有什么关系。

季节在自己季节里随心所欲,
我看见从前的影子渐行渐远。

常常感动先祖们深邃的智慧,
广袤的思想和飞翔中的物象。

渴望成为您手中紧握的稻穗,
和你分享心中那份收获喜悦。

寂静开成一朵池塘边的莲花,
亭亭玉立在时光眼眸里妖娆。

4

在寂静夜晚种植孤独悲伤,

也可以在木槿花的花瓣上。

沿着双鬓悄然抢占制高点，
所有黑发都是潜伏的白雪。

相遇前如两片相邻的叶子，
重新认识并接受彼此的爱。

以无数瞬间捕捉瞬间景象，
我们只是在复制自然的美。

站在岸边遥望远方的故乡，
身影烙印崖壁上转眼千年。

穿越这个虚无的古代战场，
听到神明亮的羽翼下歌唱。

12

周末被窗外的鸟叫声唤醒，
一天的美好因此有了源头。

太阳金光闪烁在水湄之湄，
我愿意俯身捡拾时光碎片。

在阳台墙壁上攀爬的藤蔓，
犹如一个个美妙动听音符。

写意地躺在铁床上的肉肉，
正沐浴着晨光的温柔抚摸。

凤毛麟角似的花朵点缀出，
一帧精心打造的山水画卷。

时光如流淌着诗意的河流，
一颗世俗灵魂与山海同醉。

20

在池塘低处并不羡慕高枝，
寂静盛开在澄澈时光深处。

没有人能读懂荷花的矜持，
像一个遗世独立红粉佳人。

只有上苍知道那一刻到来，
把我如尘埃一样还给土地。

有一天世界只剩下一捧土，
我还是会选择埋下花种子。

世界可以接受存在或毁灭，
然而生命中不能没有了美。

沐浴在黎明前黑暗的水湄，
努力地以晨光把自己洗白。

33

你眼中一朵花就是一片花海，
将生活中微小美好无限放大。

我在繁华人间习惯俯下身子，
好好地端详草木的前世今生。

耳边响起了苍凉辽远的长调，
思绪像水珠一样落进了池塘。

一粒草籽被鸟儿随意地遗弃，
在城市水泥地的缝隙间生长。

洗尽多少铅华才会通透生辉，
人生犹如一块石头需要雕琢。

无论春花秋月还是夏荷冬雪，
所有的生长只需铭记着伸延。

（选自《湛江科技报》2018年11月30日《南国散文诗》第18期）

在乌拉盖，我用诗展览着草原（组章）

_王猛仁

未曾相约，心已抵达。

隐藏在晨风里的黎明，已葱绿在九月的细雨里。我小心翼翼、梦游般闪烁的"天边草原"，也由此变得神秘莫测。

各种叫不出名字的动植物互为攀附，似夕阳里的最后一抹红霞，纷纷长出飞翔的翅膀，亲吻幽兰色的花瓣，并且，带着微笑，圆我一个美丽的梦。

那种与白云、雁声一起生动的秋天，仿佛跌入浩渺的烟波，在一个人行走的草原，去呼唤那天际的长风。

我不敢长久地凝望，回想。

每天，在白桦林的尽头，在古战场的遗址旁，总有叮当的风铃，敲击着闭塞的心门，让蓬松的心结，飘荡起夜的神曲。

独处于贮满诗意的木栈道一角，你的俏丽姿容，如同眼前挥之不去的静物，让我画上千遍万遍。

当乌拉盖的暮色再次降临，苍翠满月，我不知道，烛光会不会在窗前徘徊，身后会不会有野兔奔跑。

一只白蝴蝶，在花径之上，正感受着夜的寂静。

绿草芳踪

走进草原，如同走进强大的磁场，一种无形的力，将我团团围住，紧紧吸引，仿佛要把多年的昏沉惊醒。

一句虚拟的声音，在疯狂地呼唤；一次隐秘的渴望，还在倔强地生长。

总感觉，那个季节的放旷，是你轻扬的温柔，滋润着暮霭中的花朵，为一只草原鹰，寻觅无垠的蓝天。

一双透明的纤指，叩开一波水湄的清眸，以踏烟的步履，踩响天然牧场破土的歌谣。

在这片神奇的土地上，我所有的诗笺，均镌刻着蒙古族风情文化，让一抹划破晨晓的朝霞，隐入时时展开的双翼，把好多沉甸甸的目光，一一抛进我的诗行。

心情依然是奔放的。我爱这不朽的绿色长诗。

我只想天天草拟一阕雅句，款款而来，把草原轻轻揽入怀中。

相信每一瓣音符，都是一袭梦的摇篮，都是上苍播下的一粒草种。

在你日见丰腴、悄无声息的祈祷中，等待尚未摇醒的春天，越陷越深。

草原一梦

一时疏忽，竟将自己身如蝉翼的思念，遗忘在草原。

无数盏明灯，如同早起的梦，在昏昏欲睡中，开始一点一点熄灭。

此刻，我会想起草原狼，想起那片荒古而神秘的白桦林，想起迟归的最后一匹小红马，以及游人们清越的足音。

我想默默移开凝滞的目光，让夕阳的喘息声，踩痛被阳光晒绿的诗句。

趁着花开的季节和回眸的瞬间，踏着满地的苍翠，我把柔情埋进桔梗与柴胡的内心。

从九月的天空掬一团云锦，来孕育、装扮雨后思念的彩虹。

我的千万里跋涉，已布满欲望的果实，在盈满绿意丰沛的来年，透过阳光和空气，捕捉双眸的亮彩。

被草原沐浴一次，能拂去身上的尘埃。

积蕴已久的诗稿，连同这黑夜里的宁静，早已涌入你的毡房，听爱之弦微微抖动，看马兰花睁开舒展的双眼，窈窈地对我微笑。

那一刻，我的血液像草原的小溪一样流淌……

牧

在草原，宛如一株挺拔的小植物，每一枚叶片上，都留恋着蝉的空鸣。

只有当雨水打湿秋天，吹向芍药沟的风不再潇洒地回顾，一段曾经甜蜜的经历，已经在时光的低处微微地醉着。

一种寥远，一对羽翅，一个信马由缰的身影，几乎被我一脚踏破。

总有这样的时候，我把自己看成是草原的一种风景。

当满世界的五颜六色，从我身旁匆匆闪过，诸多往事，会悄悄地躲在时光的暗影里，撩拨着潮湿的眷恋。

譬如青青的牧场，快乐的微笑，细碎的泪滴以及孤独的星。

在你面前，我的心野辽阔。

目光与月光随时可以触抚。

一些微光，一剪柔荑，甚至一首诗歌，可以在彼此的脸边擦亮。

从蒙古包中弹奏出的旋律，又自昨夜深深浅浅的醉醺里隐隐传来。

草原风景线

一朵野花，趟着清晨的露水；天边的草原，站在月光的枝头，一边空蒙，一边窥视我青春的踪迹和创造的激情。

我的心情，亦如雨季盛开的太阳，浓郁，猩红，欣悦，晶莹。

站在乌拉盖草原的最高处，静听黄花沟的马嘶与羊咩。

时间，在一天天加厚；相思，在一天天加厚。

我们不会忘记，每天写下的诗行，有一种精神的豁然，开阔在马头琴的旋律里，像飞驰的草原马从未踏足一样，只有流泉的回响和夜莺的鸣唱飞进我的心房……

蓝得发青的天空，恰似你长长的发辫，天天梳理着，却理不清早出晚归时的频频回眸。

秋天的草原豪放多情，你的裙裾，你的一框一框的思绪，以卑微或者崇高的姿态，在看似柔绵又癫狂的清风里，滋生起诸多苍茫、辽远的心事。

两朵相依的野百合，如同两把遮着的情人伞，遮住一张张温情的容颜，也遮住闪闪而逝的晨光。

我与你以某种植物为媒的散文诗，开始在午夜的纠结下不住地溯游。

这一切，彼此的双眸可以诉说。

都是草原的回声

别以为我没有奢望。

我全部的歌吟与声音，是草原上最后一轮圆月的承诺，涌动着青草一样的风姿和水汪汪的缤纷往事。

含蓄的花朵梦一样娇妍，在这亮丽的秋阳下，遮掩着无声无息的秘密。

一杯烈酒或因诗歌引发的风的传言，正好铺满弯弯曲曲的不眠之夜。

没有时间约定的行程，已经酝酿、勾勒了诸多情节，把冥冥中尚未涂抹完的色彩，继续描绘得隐隐约约。

有时，一枚草叶一滴晨露足以让我顿悟。

当舒展褶皱的双翼，振颤月光下的踯躅，我相信，今晚的那一刻，可以在傍晚的星辉里，捕捉到另一幕惊奇与震栗。

在你斑斓巨翼的庇护下，这注定是一个悄然而生动的时刻。

臆想中，那双灼烧的目光，恐已绿草遍地，坚挺的叶柄已延伸着午夜里的温情。

在记忆的另一端，在几声归鸟啼过后，这一簇又一簇莫名的野花，在各自的绿丝中，次第绽开藏匿已久的神秘……

（选自《大河文学》2018 年第 3 期）

家乡风物

_ 柳成荫

金龙山或者鸡笼山

威武的龙首,凝望一湾波涛。

看木舟悠然,品渔唱旷远。商周的炊烟,飘成千古的白云。

可是,经那位仓皇南逃的小皇帝朱笔一点,金龙山变身鸡笼山。

是忧南蛮之龙夺位,还是想囚住蒙人铁骑?海风习习,咀嚼着一段苦涩与悲壮。

乡野茶香里的传说,葱绿一片山水。阡陌如此温婉,夕照如此绚烂。

万佛塔

如一高僧,禅定于层峦叠翠中。赤色袈裟,灿若莲花。

草木枯而又荣,木鱼夜以继日。千百次轮回,你已成清风、明月、朝露、云彩的一部分。

山下,田畴碧绿,鸡犬相闻。层楼群起,栉比鳞次。

回望人间,世界已殊。

当万家灯火点燃,应比莲峰明月更亮。

修

几度废,几度修。

三百年,由结庐躬耕,到殿宇层叠。修,是开荒衍泥的愿力,是烈火重生的涅槃。

一阶一修持,一步一莲花。

清云山,每一片叶子都修成大千世界,每一朵白云都修成阿弥陀佛。

梵音深满,双手合十的天地里,芬芳清彻。

传说

石,不知始于何时,与海为伴。

相依相守,相争相斗。不知是海塑造了石,还是石成就了海。

直至一个传说随风诞生,使每一块石头、每一棵石莲也因此成为传说。

水鸟想说话,石头缝里的泉水想说话,远处的灯塔也想说话。

只有观音阁的佛灯,默默地发着光,默默地谛听着。

玄山牌楼

武当飞来,带着宋时的清风明月。

从古朴简约,到富丽庄严,九百年修废更叠,九百年沧海桑田。

一道山门,三千世界。

但闻钟鼓声声,起于雕栋高檐,飞入碣石湾的条条巷陌。

新厝林寨

非为踏青而来,却在新厝林寨遭遇一个春天。

斑驳的寨墙,隐隐飘出糯米与红糖的甜香。光滑的石槛,将一个乾隆年间的故事悄悄珍藏。

8088平方米的社戏,8088平方米的春意。白字西秦的调子,早已穿过三街六巷,燕尾翅角,飞上了九龙峰。

史册泛黄,而古寨未老。老的是心绪,留的是乡愁。

两旁,小洋楼正如雨后新笋。新桃旧符,点亮凤河一片春光。

(选自《湛江科技报》2018年11月30日《南国散文诗》第18期)

时间秘史

_亚楠

黄昏

夕阳用一只手褪去喧嚣。这时,热烈进入低谷,水在自己的领地独自逍遥。哦,鸽子刚刚归巢,森林中,我来得正是时候。

西天的云朵缓慢上升,在天山南麓,梦呈现幻影。雪峰依旧鲜亮,孤独。而风是甜蜜的。就像一枚果实——那些回忆也是灿烂的。

我知道,库车的黄昏就这样来临了。红霞悄无声息,渐渐地,覆盖了整个山谷。走在辽阔的静穆中,敛起羽翼,心绪渐趋淡定……这时候,只有你飘然若仙。

啊,大地是忧伤的!你们看吧,夜幕已经把爱情湮没。

龟兹古城

风可以把记忆吹远,但无法抹去岁月深处的印痕。在西域,龟兹把热烈的吻抛给大地,却把一缕馨香留给了我们。

市井喧嚷,街衢通畅。在这里,南来北往的人群,用不同的声音表达相同的渴望。啊,繁华与落寞,欢笑与眼泪就这样簇拥在一起。

杏花绽放了,歌舞的天空格外朗丽。阳光下,春意盎然,游人如织。是盛唐的梨园吧?你们看,万般乐奏,舞姿翩跹——

那些微醺的眼透着忧伤,也落满生命的惶惑。哦,人生苦短,时光永逝,还有多少人等待与我们相见?

此刻,风无言。只有缤纷的花瓣在空旷中跌落……

(选自《诗潮》2018年第6期)

永庆坊写意(外一章)

_陈惠琼

一

永庆坊,缤纷的悸动。

依然是儿时麻石板路,依然是最好的保留。

某日某月秋,仰望西关青砖屋。

某月某日秋,回声穿过"老地方"的永庆大街牌坊。

百街百巷的一条——喊出永庆大街。逛一逛百年历史的雨巷,逛一逛百岁的苍葱。意象、象征、通感在荔枝湾沿着,砌绿豆青的大青砖到黑瓦片,是广府斑驳的气息蒸腾,是地域文化偶然的岭南细碎。

梦里拉开栅栏式的趟栊,是蓦然回首的必然。似当年喜欢听小铃铛清脆声一样。

透过圆木趟栊去看外边的世界。

两手自觉打开链接街道的最外一层矮脚吊扇门,迎面而来的像年景,瞬间饱满。

二

　　清末明初的满洲花窗的蓝。花鸟鱼虫的活、竹石人物的妙，迷住了孩子眼睛的船。天台上，西关小姐七夕拜七姐的意象仿佛依旧的幻想。

　　秋风秋雨，风化李小龙祖屋。沿着壁画、石景、红木家具，木雕花饰的古韵，一一破译一个武功生命之谜？

　　神秘而悠远。

　　悠然，默默走进24到28号民居、广东粤剧銮堂。分明是老广的建筑，分明是岭南天地里谱写的情怀，添着荔湾湖的心。分明又是泮溪酒家的初秋荷池，水涓涓流动至荔枝湾涌⋯⋯

　　全然的感觉竟牵动，牵动老城区的璀璨。老街坊拿着大葵扇坐在街上乘凉，乘凉的还有老母亲，常常习惯天台上对船的张望，对如意坊的张望，所有街的流程，都舍不得搬迁啊！

　　遗落的吱呀，沉甸甸的感叹！

　　粤曲声声一里一外，来来回回的《步步高》。

　　人来人往兼家带口的中秋节，最窝心的是穿着开裆裤的小孩拿着一个红灯笼高高举起，满街哼《落雨大》的童谣。

　　蓦然，88岁的老母亲，逛逛停停，在慢下来的光阴里讲着正宗的粤语，纯真地唱着粤剧《花好月圆》。

　　此时谁的心，在良辰美景的广东音乐里怦然，咚、咚、咚⋯⋯

　　踱步骑楼下的街巷，广府民居的西关大屋门前，偶尔看到一块被保护的徽记，亦不觉中走进了百年深厚的典籍。

　　街巷的树在不断拔节，人的潮音始终澎湃。

　　醉眼中的"老街活化"，粲然的花唤响了《彩云追月》的音符，还是在清晨的红棉树下走动，通往开放的"粤剧博物馆"。

　　纯亮纯亮的光芒呀！穿透着街巷的灵魂，散发着魂牵梦萦的人文气息。

　　展开，延伸。

　　随惠风的岁月，何处都是入口和出路！

暨南大学写意

暨南大学拱形的门,那圆圆的地球,巧妙定格画面。

依然,粤港澳弟子从这里启程。

依然,校园的心荡漾。

荡漾的还有明湖的水,偶尔文字搅动起涟漪。校园的红棉是习惯的灯,一直亮着。

迎接早霞来时仍然亮着……

偌大的校园,偌大的图书馆,一枝婀娜,足让文字升腾。

自然流淌的校园小道,相遇有根的物种。

校园的学生是天涯共有的根。

此园,花草自然。

此园,路径青葱。

歌鸣的校园,十月萌动,一处飞翅之地。

(选自《青岛文学》2018 年第 12 期)

小河边

_蔡丽双(香港)

难忘村郊的小河边,有我们的脚印一串串。

我们高高挽起裤脚,在清凉的河水中,濯足浣衣。欢快的笑声,牵拽了多少行人的脚步?

小河上,石桥如卧波之虹,我们在桥上的照影,流水携不走浸着童心的姣好,永远留在我们的心上。

小河的流水,唱着四季更迭的歌谣,悠悠融进我们如歌的行板。

河边树下休憩反刍的水牛,怡然自得。我们一群少女的心,却时时像风中滔滔苇浪,也一如春波绿,涟漪荡漾。

如苇浪,如春漪,淌涌着的欢悦,频频溢出眼角眉梢,溢出梨窝杏唇。纵使是金黄的落叶,在我们心目中,乃是秋天绚丽的花朵。

如今,我漫步于香港的城门河边,故乡的小河水,女伴的笑声,又汩汩流进了我的心中,孕衍着灵感和德性。

温润的怀忆,缤纷有序,刚柔相济,策励着我人生前行的脚步。

(选自《香港文学报》2018年12月)

岁月永嘉

_宓月

苍坡古村

以山为笔架,以条石为墨,以堰塘为砚,以村庄为纸,写一篇天下好文章,留给岁月慢慢品读。

偏居一隅,将欲望写成花朵,将乾坤写满苍坡。

所谓光阴,不过是屋檐下的青草,石阶的落花,树干的一圈圈年轮。

所谓英雄,所谓朝代,只是烽烟过后的传说。

在苍坡,栽下柏树,种上荷花,请清风明月来细细搓磨。

在静美中呐喊,在鹅卵石小径上纵横驰骋。

一个小村庄,也有一千年的辽阔。

石桅岩

我来时,油桐花正在飘落。

山青得要淌出水来,水绿得能把最坚硬的心融化。

只有石桅岩,高耸在云雾处。

不要被软软的"永昆"迷惑,它水一样的柔软中,隐藏着滚滚雷声,浩荡气势!

在永嘉,最小的水域也有一座坚韧的石桅岩。

只要你仔细看那些孩童的眼睛,有蓝天、云朵、星辰和大海。

只要你认真听,每一颗石头的心中都喧响着来自远方的召唤。

至于突如其来的狂风暴雨,根本算不了什么。

天,骤然暗下来。竹林停止了躁动。大颗的雨滴似剑镞,从远处密密匝匝地射来。整个峡谷,像有千军万马在激战。

我狼狈逃窜躲雨。景区的小妹却说:初夏的雨,来得快,去得快。她气定神闲,似有石桅岩坐镇在她心中。

风雨中的石桅,是温州人从未停止走向大海的远航之桅。

(选自《湖州晚报·散文诗月刊》2018年第7期)

琥珀·神的眼泪(外二章)

_莫鸣小猪

一

传说,你,是神的眼泪。
1912年,滑落在奥维德的《变形记》,法厄同德姐妹的黑杨树。
太阳神每天落入海水,那痛的碎片。是猛虎的灵魂吗?还是黑猫的眼睛。
琥珀,是时光隧道的风向标。
三叠世纪?冰河时代?甚至更久远。琥珀从森林开始了旅行。
昆虫、花朵、蕨类植物在松树的眼泪中挣扎,定型,在透明的坟墓中,镀上阳光的色彩。瞬间和永恒,有一些历史的细节,猝不及防!静态的花朵,动态的蝴蝶,一一的,被完好地封存。
它不会变老了,它像一枚温情的果实,刻着饱满沧桑的纹理。
等到有一天,阳光璀璨,风暧昧地吹,它会离开怀抱的枝丫,像一枚松果,轻轻磕中你的额头。
像一只俏皮的贝,偷偷咬上你的脚指头,你会忍不住惊喜或皱眉,那小小的痛。

二

C、H、O,有机化学物。

树的眼泪，神的眼泪，无法破解的符咒！围困和缠绕，挣扎和驯服。坠落！离心的眩晕，惊悚中一次次阵痛。时光的尺子，温柔地表示它的刻度。那些魂魄，隔着朝代，跳起祭祀的舞。

琥珀，它已经惯于流浪，和一只贝相依为命。如果它足够疲惫，如果，它会在黑色的页岩或者发亮的煤层里躲藏。它易于碎裂的心，习惯于折射率1.54的光芒。照亮它隐晦未知的行程。

我用嘴唇触碰它的体温，想象汉朝的飞燕，她站在一朵莲的花蕊中踏歌起舞。她枕着留香的琥珀。她的长发呈扇形散落，一只静态的蝴蝶，斑斓地蛰伏在她玲珑的唇边。

琥珀色的波兰

人们常说我已失落在死亡的森林。

当滚烫的松脂如同地心的熔岩，热烈地抱我入怀。我承认曾经报以本能的挣扎。

松树粗糙的枝丫，那些冰冷的针叶，总是在冬天顶着白色的雪。鸟儿和松鼠还在上面安了窝。

我记住：波兰，我的城市，和故乡。

那些白色风车的脚下，排满了冒着炊烟的房子。像对仗整齐的诗句，生出平仄对仗的韵律。

那些郁金香，在阳光里做着秋天的梦。

我被流放了，从华沙开始，离开那个临海的国度。在那个忧郁的清晨，山茶花开得如火如荼。

像对卡夫卡艺术的盲目崇拜，它尾随一只剑齿虎，迷失在原始森林里。又被一只长毛象用长鼻子卷进了它的胃。最后连同一只榛子落入了猴群的手中传递。

蝴蝶的妈妈在脚下的山谷里，轻轻呼叫，唤我的小名：魂兮，归来！

如果有一天，你见到了我，金黄或橘色的脸，一颗蝴蝶斑斓的心。

你可以看到我惊慌而羞涩的眼神，带着小小的痛。

琥珀之时光囚徒

一

Kahrpba——琥珀，波斯语的音译。
CHO——碳和氢被氧气的呼吸所蛊惑。
从前，很久以前，它被日光入侵、围困。
生动的日子某个时刻？
1、2、3、4、5、6、7、8、9——时间按秒算。
植物或动物和一滴树的眼泪共同殉葬！

二

一个中午或黄昏，一个时间点。
一阵阳光，俘虏突然死亡。
全新世、更新世、上新世；中新世、渐新世、始新世，或更久远。
岁月，以固态的形式呈现。它的心灵，违反了长茧的必然性。但250摄氏度足以熔解。琥珀，它阻止了时间的流速，让风停止。

三

蜻蜓，啜饮着一滴晨露。它，迷醉于未知的死亡。
青头的蟋蟀，最后记住了一声：唧唧复唧唧，木兰当户织。一只蚂蚁，一双的蚂蚁踉跄走来。小蜗牛、甲壳虫——草叶上一触即发的角斗。

四

斑斓的蝴蝶，在阳光中放纸鸢。
——共同的，它们！仿佛时间的幻象。遥远的时光，透过华丽的容颜唱着复活的辞令。透明，区别于玻璃的属性。
它，复述着前生。
语言或风反复朗诵一些唯美的悼词：问君何所思，问君何所忆？

五

米粒大的花朵来不及微笑，在掌纹的衬托下接收，保存。它神经里有太阳的温度。某个明亮的秋天，某条分支的河流，一滴雨抬头，一滴泪与之初见。

森林，煤层，海浪——不归的路。

六

未知的地点，预定的时刻捧出一系列断层的时光。

古新世、白垩纪、侏罗纪；三叠纪、二叠纪、石炭纪；泥盆纪、志留纪、奥陶纪……

想象：天马行空——

七

琥珀，它的肌肤果实般温润。

皱纹和枯萎，以颜色的状态加深。捧起它吧，金黄或橘色的脸。

听它深深地呼吸，唱出绿色的歌谣。那细微的苍白，如同受凉的花朵。

芬芳的口令惊醒于掌心的温度。

一声呼喊，一段时光的注脚。

八

初夏：暖风，有蝉鸣。

刚飞出草丛的蚂蚱，被一朵花拒绝过一千回的蜜蜂。它笨拙地站立，用残缺而单数的腿脚。唰唰唰——唱着失声的谜底。坚硬、晶莹、纯粹。一只虫子，它的归宿。

九

挣扎，纠缠，驯服旋涡中气孔的舞蹈。

寒武纪，震旦纪——太古代……

它的年龄大于等于一千五百万年。

波兰，立陶宛，俄罗斯——波罗的海沿岸。

从一而终是它们给予时间的唯一表情。假想：一个掌纹覆盖着另一个掌纹。假想：无数的生命，不分男女，吐纳呼吸。

（选自《散文诗人》2018年总第50期）

我们社区

_陈志泽

加装电梯

一天数回,站立着,轻微的声音,就载你上楼、下楼。轻飘飘、静悄悄,惬意。我这个退休老人终于有自己能随时使用的电梯了。

七层的耄耋老人老徐夫妇,好多年一直住在空中,现在能牵手逛街了。

大妈们超市里的随心所欲,双职工下班后拎着的沉甸甸喜悦,都能轻轻松松运回家了。

"改革"二字拉动当年的住房建设,那时搬进宽敞明亮的套房心满意足。

一晃二十多年,爬楼梯吃力的老人多了,"加装电梯"又成了社区的雨后春笋!

这里红条幅刚刚映亮一片天空,那里开工的鞭炮声啪啪炸响。

这种楼房前紧贴着的瘦高的"楼房"显得有些奇峭,像是张家界的风景一角凭空而来……

美啊,从来没见过的崭新设置,望一眼都让人陶醉。

过去岁月遗落的不足,正在一件件弥补。

过去日子留下的缺漏,正在一项项加装。

晨

一大早鹧鸪就又在叫唤"哥哥,哥哥",一树鸟雀能不嗤笑?我已经老了,何时改称"伯伯,伯伯"就对了。

我从窗口寻觅不到鹧鸪的影子,它们一直保持着对人类的警惕,躲在丛林深处,却又忍不住要亲热地招呼。

广场舞的乐曲舒展欢快,音箱把分贝压到最小,舞动的身影闪烁着力和美。而小盒子的收录机飘出缕缕晨光——大树的浓荫里,独自一人的舞蹈轻扬着花树的气息……

树多,落叶就多,一夜的飘零够清洁工忙的。橘红色工作服的夹袄已透出斑白的汗渍,大扫帚还在划着透明的弧线,描画着最美的现代艺术图画。

"百姓书屋"的大门悄悄推开了一天朝霞,开始汇聚欢快的脚步声。

小学里传出琅琅书声,那是种子在萌芽、翠绿在拔节、果实在芳香。

(选自《人民日报》2018年7月4日)

我们的大唐史诗波澜壮阔

_唐成茂

让城市的森林飞出大唐史诗

粗布的领口上也有时光的投影。清晨,父亲扛着锄头上坡,坡上的土豆,焦急地等待着收获。

母亲给挂须的玉米浇肥，不让生活贫血和清瘦。母亲给玉米捋一捋红须，如给膝下的小女梳理头发；如给未来理清头绪。跟在母亲身后的大黄狗，轻轻地舔着新生活。天色还早，饥饿还没走远。母亲系上围裙，用丝瓜布擦洗碗碟。这像一个仪式，如天上的神在擦洗，太阳的脸面。让我们的每一天，干净而透亮。

　　父亲七十年坚守着山村，如一位元帅全身披挂，守卫着他的国家。
　　山上的桃木李果都有灵魂，都有捍卫尊严的权利和誓言。山上的桃子，个小皮薄，卑微清秀，如山村唇红齿白的闺女，她是母亲的掌上明珠，她是我山村待嫁的公主。

　　我的山村也有河塘，河塘上洒着细碎的年光。
　　我家陶罐里装着时代的火种，火盆里烧着一个世界最长的激情。
　　青山扑向新城，时代见到了，我大哥二哥能够装下城市的胸怀。我的大哥二哥扬起弯刀和锤子，让城市见到火光，挺起脊梁，发出莽汉主义的生命交响；让苍鹰在城市的上空高飞。
　　这是大地的志向，让城市的森林飞出大唐史诗。这是我们山里人，最朴素的愿景。

什么池子养什么鱼

　　一池塘水倒映出人世间太多的悲喜剧。
　　我家池塘边的水冬瓜树，一个劲搅动，一池春水。这个时代一定见到奔跑的池水和波澜壮阔。

　　官家的碧水滋养着朝代。大唐盛宋的历史，在这千年旧池里，泛起微澜。民心都是跃过池塘的鱼。池塘大，池水清，我们看见了鱼阵和鱼阵一样摆开的仕途。
　　池塘大了，什么鱼都有。

　　水冬瓜树下，清风明月里，池水因流动而清澈，民心因欢愉而游来游去。锦鲤鱼露背而行，满世界见到的都是脊梁。什么池子养什么鱼，什么池子涂什么泥。

污泥和浊水太多，就可能陷落天上的星辰。

这个社会太阳一如既往地照临，
这个社会清风每时每刻都轻轻拂面，
这个社会的一个池塘装得下天装得下地，
这个社会不容腐恶污染一池幽梦，
这个社会阳光明媚法网恢恢很少会有漏网的鱼。

《诗经》脚下的小轩窗正梳妆

贫贱生贵子，寒门出壮士。我敢站在一棵柳树下，大声地喊你的名字，栽种你喜欢诵读的《诗经》，把"蒹葭苍苍，白露为霜。所谓伊人，在水一方"读熟，把"溯洄从之，道阻且长。溯游从之，宛在水中央"捧热。

《诗经》里的女人，百年不倒，千年不枯，万年还立。
有根的草，日行千里，夜活万年。
这些都像爱情，只是我们刚刚走到《诗经》的脚下。
小轩窗，正梳妆。未曾相遇，身已相许。

午夜是私奔的时节，幸福在水一方。抱着就会受伤，躺着就会中枪。我们隔着《诗经》，看着爱情。还未相爱，人已在樊笼。

桌上的梅花酒，不是黄滕酒，也有红酥手，也有青葱岁月，透明而忧伤，梦想就如壮士，也有一些真诚，也有一些嚣张。在梅花酒中看女人，谁都是《诗经》里的丽人，谁都是唐婉，谁都是我的女人。

门把往事关严因为了那一夜情

向前跨出一大步，我就抓到了春天和春水。
桃树拼命摇曳，摇出一地的浪漫和传奇。那夜，她桃子一样新鲜，我摘到桃子的生活和激情一起苏醒。

一封信嵌入了皮肤，一段情融入了血液，一种关系血肉相连。

吱吱呀呀的门，把往事关严，都因为了，那一夜情。

我们都没有言语一声，幸福在沉默中，只顾得上喘息。

蚊帐上的"鸳鸯戏春图"，吊着瀑布，挂着一池春水。我们的故事，奔流不息。

我胸中有了河流，笔下有了火花。负重的时光，不怕压弯了韶华。

我从此在风暴中关爱彩云，让那一夜，飞流直下；让这个世界和我，都有肌肤之亲。

在复古的春天遇到唐朝的玉人

故事乒乒乓乓，掉在时光里。一把桃花扇扇起，春天的涟漪。

思念是一枚邮票，人生是一艘客船，命运荡着双桨。

谁一生不在水里起起落落？关键时刻，你要划得开水波，抚得平伤痕，解得开那神秘的胭脂扣。

在大水里行舟，春情防不胜防。一个波浪袭来，道路可能找不着北，你可能体无完肤。

爱情可能一下子被，打回唐朝；青鸟可能以断翅的方式，追求爱情。

这就是我的甜蜜和忧伤。

在复古的春天，我是一只相思鸟，嘴里衔着香麻，衔着时光的投影，衔着古今的梦呓，站在一片绿叶上，用一袭唐装回忆唐朝盛世，把幸福抱得很紧很紧。

这是盛唐的春天，我手里的大雁飞抵了，一首婉约的唐诗。

思念的时候，昼夜光芒四射，菩提树小鸟依人。

那个玉人来自唐朝，她用我的诗句，锻造我的宝剑，接通我的古今。隔朝隔代的雨水，淅淅沥沥，落在长亭上柳树下瓜洲渡。

苜宿花在李太白的一首七绝里绽放。梧桐树上的雪花，最怕细雨和纷纷扬扬的孤独。

我是穿长衫佩长剑的书生，我的双脚踩痛千秋雪，我和长袖善舞的玉人，依偎在我用毛边纸编织的情人岛上，面对面抒情。古今的激情汹涌，她香包里的秘密，通过一颗红纽扣，淋漓尽致地泄露。

手里捧着鸟声，我迷恋水性杨花的江南

我在风起的时候，要风有风。
墙根上的藤蔓和念想，被吹得老响。
风在墙头落草，命运在风雨中绊倒。
流浪的钟声，还未到岸，已进客船。

陆游的钗头凤，唐婉的"人空瘦"，在绿瓦青砖的江南，把我变成公子，把故事变成伤痕。

驿站上的云朵，要死要活地缠绵。
归乡的小车，载不动许多愁。
我仍迷恋水性杨花的江南，挥一挥衣袖，挥去十朝古都的胭脂味，挥去一大片神马和浮云。

这是扬州三月，这是你的扬州，这是康熙微服私访的客楼，这是扬州八怪新长出传说的胡须，这是我和你的画舫。
江南忆，最忆是扬州。扬州的古城里，满楼挥起的都是你的红袖。

手里捧着鸟声，千山都已飞去。我站在依旧红颜的太息里，寻找时间深处的一湖春水，怎么由有情变成无情。
在越下越清寒的江南雨里，我用古琴弹奏心事。在暮鼓晨钟中，一遍遍访过曲池永巷。
一次次审视划伤季节的二胡，水在雨中，我向着相思抹去月亮两颊的泪水。

（选自《中国作家》2018 年第 1 期）

在光阴之外流芳（外一章）

_姚园

此时，天空是一片无穷的蓝，蓝得让我一度迷失在随手可以摘取千万朵馥郁，却只在乎一个突如其来的瞬间。

我是谁，谁在我灵魂里低语，谁先于大地的深邃，先于文字的辽阔，先于季节的风向，与可能与不可能携手，还一脸的清纯？

谁又是谁的那条清澈见底的河流？

谁的心情不在状态之时，反倒渴望下雨，如此，与它在同一音频上？

谁知这世界若有一天没有音乐相伴，会是一片怎样寂寞的洪荒？

可多少为父母的能放开手，让自己的孩子在这条没有坐标的路上义无反顾去摸索前行？

眨眼之间便是一个——一生的句号。

抑或，与其让自己及儿女按部就班地朝九晚五，不如在闯荡寻觅中，让深藏心底的理想风生水起。

那才是一抹最美的色彩，在光阴之外流芳。

一个人的早餐

好友送来一块年糕，我跟随她的指令——切为薄片。

但却没炮制她的——

将它们一一沉浸于沸腾的水，在一首歌的长度里柔软，而是请它们尽致淋漓于一颗散打的蛋黄中，然后埋头在油锅，直到——金黄灿烂。

闻香起舞的味蕾，让我暂别淑女，迫不及待地大咬一口，那食欲顿开的怡然，抑或唯有这支刚从院里剪下茶花的欢颜能替我代言。

再翻翻餐桌上令我百读不倦的《瓦尔登湖》，一个人的早餐，不也可以吃得花香、书香？！

或许与食物绵绵絮语的还有心情。

我曾在《挪用千年微笑》里写过："心情是日子的晴雨表。谁的风帆不遇皱褶呢？"

好在我知道如何用文字梳理自己的心情；
知道如何从一顿简单的早餐里品尝人间的冷暖。
也明白只有知足于岁月给我的安然，才无所谓一个人的时刻，被一缕孤寂的风相拥。

（选自《常青藤》诗刊 2018 年第 26 期）

我们一起傲立

_王成钊

初夏，我们一路追赶艳阳，踏遍春山，奔驰在高山草原，驾雾腾云，盘旋而上，直向云端的风力发电场。

矗立在粤西大地的山坪风车顶，庞大的风车阵，虎踞龙盘，屹立在群山之巅，扼守于风口之上。

以巍峨的姿势，挺拔的身驱，直插云天。

为大山陡增新的海拔，为大地立起新的标杆，如神剑倚天凌云。

为人们的登攀，树立起新的高度。

登高望远，苍山如海。大风车一杆又一杆地连结成浩大的阵列，逶迤苍茫，飞旋云雾，恰似海浪中那巨轮的桅杆……

远眺，大风车多像儿时手中的玩具，呼呼一转，旋起多少童真？

近看，大风车又像大山之神高擎的火炬，矗立峰顶，直插云天，欲与天公试比高，更与鲲鹏试比翼！

风能——动能——电能，童话依稀，神话成真。

高科技的魔方，正在大山之巅爆发强大的威力。

大风车迎风展翅，飞旋着博大的气场，飞旋着不折不挠的伟岸。

铁塔上的高压线，正在输送源源不断的动力……

拍不尽人间美景，摄不完英雄本色。

将壮阔雄浑的气象尽收眼底，将葳蕤蓬勃的大地拥入心田。

何止是登高望远，分明是荡涤凡尘。

一股豪气，直冲云霄。山高人为峰，心与天齐，志高思远……

站立在大山的肩头，面向风口，且听风语。

大风卷起彤云，吹散雾霭，扑开山岚，呼啸着大地清新的气息。

细细品味，稻花香、荷花香，香味相融。荔枝香、龙眼香，甜味交织……

深深地吸一口，久久的品一次，真个是沁人心脾，心旷神怡！

为又一次登上峰顶，欢呼人生的活力，如大风车孜孜运转，永不停息。

为又一次跋涉，欢呼有大山做证，情满天地。

因为，我们与大山，已经连成一体……

站在风口，迎着劲风，与大风车肩并肩。

为大自然无垠的生机，为祖国崛起的伟大成就，我们一起傲立！

仰望，我们向大风车致敬。

一种风骨，巍然挺拔在天与地之间。

不管春夏秋冬，不惧风雨冰霜，大风车始终如一，岿然屹立在风口。

期盼，人也像大风车，顶天立地，如玉树临风……

（选自《湛江科技报》2018年11月30日《南国散文诗》第18期）

禹王台随想（外一章）

_栾承舟

此时，禹王山烟岚苍茫，山阴岩缝中的积年残雪，还没有化。
齐长城遗址，松涛徐徐，绿森森的雄壮。禹王圣德，已萌发新枝。
焦梅、苍松已老，他瘦。
尔后，红花染香了曲廊亭榭，呦呦蜂鸣。
恍惚中，飞莬潇洒而至。

禹王庙，勾檐连脊、云轴倒垂妙境，兀鹫高踞松枝，孔雀婉转入世。
禹的慈悲，泪盈于睫，看过人间所有的苦。
他的预言，带着机锋，一种自在妖娆的禅意，内敛着，绽放着……

蓝鸟、白鸟穿林而过，暂时地，隐去了一切。

青州古道

越千年的明月，聆听着长空雁叫，古道虫鸣。
踵压毂碾，辙沟布满风尘。
古道商旅，绝响久矣。

山坡间松柏已老，再不闻范公吟哦之声。
时光濡染的碣石之上，苔痕青青。鹧鸪悠然斜飞。
忽地想到了一个词：英雄迟暮。

风,忽然绿了。

后乐桥边,垂髫小童书声琅琅。梦幻之光,宛如霓虹,持续闪烁。

一种沧桑浩渺之感,物我两忘之感,顿时,穿越了时空。

(选自《葛天诗刊》2018年6月)

诗情,在老酒中沉醉

_夏寒

红尘,一叹。阵风,掠过高原。

寒冬落笔,送暗香——

打开一坛西坪老烧,隐秘的酒香醒来。驶向,春光无限的动荡,爬上那一望无际的的高原深处。是谁的影子,反映出的哲思爬进了苍茫?

一个白雪皑皑的季节,在一坛老酒中融化。唤醒了,瞭望台上智者的沉默。

或许,酒中的记忆,是一个毫不吝啬的颂词。

漫步。马蹄,声碎,惊艳了奇遇。

沿着一条冻僵的河流,驶进季节幽深的情怀。从黑暗中,撞出一条通往春天的路径。

那是世界上苍茫的深不可测的腹地,沉睡的大草原在我的肋骨上打孔。

冰雪消融,隐藏在我的灵魂深处。

春的角落,破壳而出,一杯酒的欲望,闪耀着神性的光芒,抑制着缄默。

风吹,柳絮。飘飞,一缕心绪。

西坪,叩开了季节的门扉,春醉了,在绿荫里。停下。席地而坐,斟满,一壶西坪老烧。

今晚,与谁相约?今晚,与谁共醉?饮一杯春光,听燕子在杯中呢喃。

透过,推杯换盏的缝隙,村庄在发酵。

三月,河畔。撷,清风一缕。

堤前,碧水衔春,柳摇曳。

酒香,在似水柔情的源头,舍不下青青柳色,舍不了美好时光。

来来来,兄弟!

借着月色,你一杯,我一杯对饮。

风月无边,弄柳。柳絮软软,飘飞。劝君更饮一杯酒,让春光永驻心头。

轻轻,摇荡山河锦绣。

春,心动。花,落忍。

邀春色,布谷声声脆。故道边,雾侵深处幻云烟。

傍晚,从酒香的绵长里拔出历史,一如甘露滴进长风万里,起伏万千。染柳叶,翠嫩一新。你把春风喝下,让深邃的情感藏进诗韵。

等炊烟搅乱旷野,我去青天揽月给你一杯——银光。

草木,枝叶融疏影;暗香,浮动流芳菲。

春,未老。风细,柳斜,卷着花瓣,一幅淡淡的水墨如梦似幻。

烟雨浓浓,朦胧了时光。这,并非是烈火燃烧的季节。

可是,这一坛西坪老烧,却熊熊燃烧出我的激情。

天边。天籁之音,在草原悠扬。

你在低吟的诗行里,倒出清凉的晚风,梳理我的心驰神往。这个季节,倾斜了原野的苍茫。

来,喝一杯!

你再借我一身豪气,把我放逐草原。啊,我的心中正在万马奔腾。一腔绵长,助我驰骋千里。

醉酒的马蹄,在我心中浓烟滚滚,滚出了蒙古人的热血豪情!

哦,草原!山巅之上,风光无限!

山巅之上,我的满腔热血与豪情,穿越了唐诗宋词,更穿越了历史的久远！

打开，梦境。老酒，占据的时空，就像是猎猎旌旗，在风中招展。我的沉醉，拨开云帐。点亮夜的殿堂，苍穹从我的内心抬起荧光。

永留，尘世的绮丽。

我怀疑——自己，真的醉了。

醉在了西坪老烧的浓郁里，醉在了山巅之上的风光无限里。此刻，夜已深。穿过千里冰封的雪原，我的心也会温暖。

我把风，酿成酒，把冰雪酿成酒的深度，把贮藏多年的想象劈开，河流的云影被历史勾勒。

鸟鸣，从我视野到心灵的肋骨，都在改变我的诗句。

走着，走着——冰雪，化了！

薄雾，融春。

是你，从远古到今天的穿越，还是我从现实穿越到远古的苍烟几许？

杯子，伸向月光。我们躲在僻静的地方，不为作诗，只为与你喝出诗的激情。

抑或，在西坪老烧的浓度里，一起讨论：你与我，在明月下，对影共几人？或许，这种讨论定论可以抵达你绝句的深处。

小桥，溪雨。在酒杯里若隐若现，时光深处，春暖一帘锦绣。

离愁不断，却染尽芳菲岸堤。来，闲言少叙，举杯！

痛饮一杯西坪老烧，冰霜从此融化。细雨，微风沁暖。举首，看一眼草原，天空衔泥的紫燕，重归塞北。

野外，白桦林嫩色醉了你的童心。花吐艳，柳含烟，迷雾漫过林梢溪边。

月下，弄弦。马头琴声，阵阵。举杯——酒，在心中跌宕起伏，藏在诗词的灵魂里找到归宿。

春江花月夜，如诗伴好酒。期待，漫过无际无边的草原，与遍地的野花相遇，在空气中氤氲的清新。

遐思，岁月流淌的醇香。马头琴里，拉出了西坪老烧无穷回味。

蒙古长调里，回响着西坪老烧的绵软幽香。

长调，悠扬。醇香，绵长。

西坪老烧,煮尽千古风流,在我心中漫过草原,漫过马头琴——

伸向风,风醉了如同雨醉了!伸向雨,雨醉了宛如花醉了!伸向草,草醉了!喝一杯西平老烧酒,我醉倒了!

整个世界,幻化出一片奇异的色彩!

(选自《火花》2018年第10期)

俯首低眉(外一章)

_红筱

1

俯首低眉,生命最完美的姿态。

2

伫立山巅。

仰望,只见日月星辰,昼与夜。

很遥远。

俯视,气象万千。步移景换,山川江河,丘陵沟壑,身边物事,触手可及。

很亲近。

3

花儿的世界。
雨露的滋润,光合感应,绽放!
这一切并不是为了取悦谁,只为自己,只为自身的繁衍。
花儿谢了,蔫了,垂下了头,飘落了……
这是生命的成熟,完美极致的谢幕!

4

弯下了身躯,再低一些,再低一些。
哪怕埋没在了尘埃里。
此心光明,浮尘中亦有美妙,卑微中闪耀着伟大。

5

知识与智慧,生命的两极。俯首低眉,遨游于知识的海洋。
生命的最高智慧,是爱。懂得了爱,便拥有了一切。
两极之间,不是还有道德和艺术么?
没有,没有!它们已经被爱融化了。

6

爱,是美的;性,亦是美的。
俯首低眉,心贴着心。欢愉的性爱,巅峰之美。
即使匍伏于冰冷的铁索之上,纵然面临万丈深渊,亦可演绎天籁。

7

终于发现：那美妙无比的聪慧。

不在喧嚣的闹市；不在偏僻阴暗的角落；不用高声激昂振臂呼；亦不必悲泣哀叹跪求；更用不着献媚阿谀奉承谁……

只在那：俯首低眉，挚手交心，轻言慢语之笑谈中。

南国有佳果

题记：南国有佳果，花香果甜，郁郁葱葱。草木花果事，叶叶总关情哪！

1 芭蕉

叶，是一艘艘蓄势待发的船。

载着花花，装满了果实，驶向那充满了希望的彼岸。

一切，从心生发。

2 菠萝蜜

把一个个像小石子儿一样的种子，揣在怀里。

就像母鸡孵小鸡似的，仔细呵护着它们。

每天，看着它们成长，慢慢地变成了一块块金灿灿的、香香甜甜的元宝。

直到有一天，金元宝都变大了，一个个都圆圆满满的。怀里再也撑不住了，就张开了怀抱，全部都奉献出来。

此时，心里面的那个美呀，比蜜甜。

3 荔枝

心心相印。
满树碧绿的叶啊,随风起舞;
枝头上累累的果实,红红火火。
叶,深情款款地吟唱:
在你身边,是最佳的伴侣;
在你身边,相互辉映;
在你身边,不是陪衬,是心灵的慰藉……

4 龙眼

你,真的是龙的眼睛么?
仔细瞅瞅,认真瞧瞧。
哦!这样地黑白分明,如此地清亮纯洁!
你,果真就是龙的眼睛。

5 芒果

叶香:淡淡的青涩苦味,有一丁点儿的芒香。
花香:招蜂惹蝶,蝇蜓忙活。
一阵风过,吹落几许花簌,掉进了河塘。倾刻之间,这花,便成了鱼儿最佳的美味。
果香:酸甜可口,美妙绝伦,且还无论形色。红的、黄的、青的;大的、小的;蛋形、腰形、鹰嘴形、象牙形……
但凡,让这果香住进了心里,那可是一辈子都会:情有独钟。

6 火龙果

花,是最美的仙女。雪白的肌肤上,还闪着金辉。
果,是个红孩儿。热情奔放,顽皮淘气。
叶,叶子呢?
为了让花果更完美,叶,早已将自己牺牲了。

7 橄榄

青青的果,回味无穷;
开花的树,美丽动人。
无花无果时,飘落的红叶,也会送上片片温情。
就算倒下了,肢体亦是香菇们最美的温床。

8 洋蒲桃（棉花果）

花,是穿着金色草裙,翩翩起舞的仙女;
果,是粉红色的、超级可爱的精灵。

9 桃金娘（山稔子）

美艳的花啊,为一波又一波的牧鹅女,送上了惊喜;
神秘的果实,滋养了一代又一代,山乡里的放牛娃。

10 杨桃

星星的孩子。

（选自《湛江科技报》2018年11月9日《南国散文诗》第15期）

青花瓷（组章节选）

_爱斐儿

哦，青花

我已听到了你的声音。

是一朵青花在轻叩陶土。

是一支笔锋划过天青色，墨痕留在素绢上。

是一双素手轻抚慢弦，飘然驶来的一曲动听的音乐。

是一片经年的好山好水，在釉下铺开杂花烟树。

是一叶扁舟引来了小桥、流水、人家，也引来一两只鸟雀飞来落在一棵老树的枝上。

旧时光绵延至此，我不得不停于你的蓬檐旧瓦之下，也停于你清波荡漾之处，就如一捧陶土从一场酣梦中醒来，突然面对你微蓝的气息，不由脱口而出：哦，青花。

风云飘入青花瓷

风过、云过。

石板路弯入一条小巷。

谁的门环轻叩？

那些在釉下描绘青花的人，已退入旧时语境。

他们在用一朵又一朵青花交谈，其时，他们低眉素手，笔下皓月烟波、水云无数。

你来看时，或许会邂逅飞蓝拢翠，旧时芳树，或许一朵牡丹正身披青花的香气走来，或许一场雪恰好落上墨色的松枝。

青花瓷酒杯

若用青花瓷杯盛酒，

一滴既是满月。

两滴你会醉得比月色还深。

这意蕴最是令人心神安娴，斟满了，就是云水与诗歌，就是忧伤和幸福同时相逢了知己。

在青花瓷里，所谓的辽阔就是这个样子吧：

心中装着白云，而月光是蓝色的、酒香是蓝色的、河流是蓝色的、炊烟是蓝色的、飞舞的蝴蝶是蓝色的，而手捧青花醉于窗下的人，对醉人的酒说："把我也染蓝吧。"

（选自《华人百花》澳门月刊2018年第2期）

"天鸽"来了

_木京

"天鸽"说来就来了，瞬间风云变幻。

风，劲吹着，怒吼着……

那些早已落定的尘埃又有了一次翻身的机会，开始扶摇直上。

温情脉脉的红尘世间，早被丢弃的垃圾也开始张牙舞爪起来，漫天飞舞。

昨天还享受着阳光、过着安稳日子的花草树木，此刻正经历一场生死考验，有的已然失魂落魄，有的还想增添新光彩。

一些枯枝败叶经受不起摧迫，注定化为尘土。

许多的小鸟顿失了家园。

风还刮着，夹杂着的雨水是鸟儿的眼泪还是夏花的眼泪？它敲击着我的窗棂，也敲痛了我的心扉。

幸福不是必然的。

许多软弱生物在风雨中画上了句号。

我静静地依窗而坐。听风、听雨……

似乎，悲音也能组成优美的乐曲。这曲子竟也如此销魂。似乎，悲音里也蕴含着新生的希望。这希望竟如此诱人。

看窗外，坚强的生命迎风而舞。我感悟着浴火重生的力量。许多生命在轮回。

世界被阴霾包裹得太久、太久。在阴霾的围圄中，我感到快要窒息了。

我期待着一些改变。

风继续吹吧，吹走满天雾霾。

生命的尽头未必是死亡，还有重生。我要迎接一个风雨洗刷得干干净净的世界……

（选自《湛江科技报》2018年11月30日《南国散文诗》第18期）

安吉诗章

_晓弦

在鲁家村，邂逅一列小火车

我看见传统的老爷子一样的鲁家村迅疾地脱了皮，嬗变成了时尚的西部牛仔风情的鲁家村；

我看见在外打工的鲁家村的小伙和姑娘，一个接一个归来，在村口听凭一列列小火车奔跑着"呜呜"地叫。

"呜呜"叫着的小火车，让一个接一个归来的村民迷了路——二十四个节气，像漂亮的礼仪，在锃亮的铁轨旁，依次站成二十四个别致的站台。

我还看见，十八个现代家庭农场，以及错落有致散落在农场的小洋楼一般的景致，安营扎寨于10公里长的绿道和5公里长的铁轨两侧，像极了绿道与铁轨的枝条上结出的果实。而鲁家湖开阔的水面被风吹起的涟漪，揉碎了湖面上文化礼堂与一幢幢白墙黛瓦建筑庞大的倒影；

——这不是美国西部电影场景；但喜欢美国西部乡村电影喜欢牛仔自由洒脱的村长，羡慕开阔草地上白云牵着牛羊悠然自得的村长，硬是让美国西部电影里常见的虚拟移栽成了现实的美好。

绿皮车厢内，那些美国的法国的英国的鸟儿，那些母亲怀里牙牙学语的孩儿，那些一到节假日就要结伴观光来享受田园风光的人儿，不停地在鲁家村的二十四个节气里穿梭，并且希望，永远在此迷路……

铁轨两侧，延绵的山丘如眉黛，氤氲起树木深深浅浅的绿意。要是遇上雨天，缭绕在山岙里的湖州丝绸似的雾霭，冷不防会被疾驰而过的小火车扯上一缕，刚好遮掩，那对搅动拿铁咖啡的情侣脸上浮起的羞赧。

而此时，小火车刚好抵达一个叫"小满"的站台。

在余村，拙于抒情也是一种奢侈

不妨，把浙北余村，看作一个奇特的国度；

有山有水的国度，青山绿水的国度，文明共享的国度；

遍植水杉、红枫、毛竹、桂花、银杏的国度，水汽氤氲、绿竹招展的国度；

幸福和谐是她最经典的旗语，绿色灵动是她最美丽的风采！

白色的工业轰鸣声，渐次被打上了绿色的休止符，白鹭与山雀成了这个欢乐王国里的国民；曾经的矿山遗址，生长起蓬勃的向日葵和野杜鹃，成为江南一片神奇的花海。

而清清亮亮的小溪，已成了村民欢乐的谣曲，与抒情。

每一个来余村的人，都像霞光栖息的雀鸟，会被延绵的山林收拢翅膀，成为众多绿叶中幸福的一枚。

在余村，每个季节充满鸟语花香，要是你走在十里绿道，走得快了会追上了幸福，走得慢了又会被幸福追上。

身在余村，即使你停下歌唱，雀鸟就是你的歌唱；阳光的指尖上，蹦跳出朵朵艳丽的花儿。

即使你拙于抒情，也是一种极致的奢侈！

（选自《湖州晚报》散文诗月刊2018年8月）

江津物语

_周鹏程

朝天嘴

　　码头依旧在,只是少了曾经的忙碌。
　　十里老街是白沙从朝天嘴延伸出去的一道皱纹,无数旧时光在"几江"之滨集聚,在古镇上飞檐走壁。
　　吆喝声远去。
　　汽笛长鸣。
　　长河古埠,浪里淘沙。
　　卸下肩上的重物,工友们都走了,背影闪烁岁月的光芒。老重庆定格在这里,吊脚楼的细脚踩着久远的记忆,踩着时间的痛。
　　吊脚楼的推窗人,一代接着一代。
　　荧屏影视把一个千年古镇活生生复原,故事百转千回,任笔下风云。
　　朝天嘴在熙熙攘攘的人流中仰天长啸,与其做伴的还有悠悠流水寺。
　　山青青。
　　水茫茫。

黑石山

　　一片树林!
　　历经血雨腥风的一片树林!

鹰嘴石仿佛是一位巨人静静地展示"大德必寿"、学子们只争朝夕的哲思。

　　革命家步履沧桑，奋乎百世，顶天立地，继往开来。

　　一声声跌落，一声声呼唤。

　　而今，苍松翠柏之间传递的是琅琅书声，多处题刻的石头上屹立起来的是伟大的民族精神。

　　白屋诗人的坟园并没有他的诗歌那样气吞山河，婉约、肃穆。来者无不向他默哀、致敬。

　　九曲池畔，听树声，闻花香，任鸟鸣。

　　黑石山无数巨大的或者细小的黑色石头都是圣地的守护者，肩负历史使命。

　　七七纪念堂、邓家合葬墓、鹤年堂、聚奎书院……这一切都被聚奎中学接纳，它们是这所百年名校引以为豪的文化符号！

　　学校是景区，景区是黑石山。

会龙庄

　　它的往事有三个版本，每一个版本交代出它不同的身份。

　　雕栏玉砌，有皇室的尊贵；豪华奢侈，有富甲一方的华丽；军事痕迹，有兵家防御的精良。

　　关于它的身世，我情愿它是个永久的谜！

　　无论哪一种，昔日的本相一定不会卷土重来。

　　弹琴的女子纺织的少妇读书的公子调情的老爷……都，已经从水路转亭子的地道走了。一些人和一些事都是摆设。进口有毒蛇和更可怕的影子在把守！

　　瞭望塔在养活旅游。枪炮早已撤离，当然不撤它们也不会在时空的隧道里走火。

　　过去的会龙庄继续过去。现在的会龙庄刚刚睡了一觉，醒了，还坐在床上。

笋溪河

　　笋溪河，中山古镇的脉搏，血液清澈。

古镇的美，有时散落在缓缓流走的河水里，有时具象成停坐在石桥上的少男少女，有时凝聚在老街上的门联里。

跳过笋溪河的石墩，就会感受到光阴流逝，流走的是光阴，留下来的还是光阴。

河岸竹围的步道，隐藏着一个虚怀若谷的千年古镇。

索桥摇晃，晃动着悠悠岁月。

古镇的美，有时是一种声音。

水声如更声。

老街虽老，但不佝偻。

古镇虽古，却有姿色。

廷重祠

多少嬉笑怒骂化作满楼风雨，多少铮铮誓言化作一地枯叶。

人散曲终。

它另外的名字叫孙家祠堂，从光绪十八年走来，披着经年的月光，深藏迷离身世。

正殿、中殿、戏楼、厢房各自坚守着孤独，经受时间残酷的敲打，心神疲惫，满身是伤，只有百年老树在自由自在地向天空攀爬。

它的攀爬能追回这座庭院昔日的繁华吗？

镂空黄绿琉璃砖砌成的屋脊甘愿做永远不倒的勇士，如一面旗帜在塘河古镇的上空高高飘扬！

无数观摩者唏嘘、无法言说。

泥泞路正悄悄把这里的秘密运送到远方……

这一切，都抵不过院内疯长的野草，它们才是廷重祠最后的主人。

土地岩

谁懂它的沉默？

那些欢声笑语度过春花秋月，多么爽朗，多么轻松。

背负神的旨意，还要对亿万年前的秘密守口如瓶。

一排排历史倒下，伐檀者在月光下挥舞银斧。钢质揽绳把土地岩紧紧勒住，那些旧伤成了今天不容错过的风景。

一块石头在宇宙中飞翔，在岁月的河里漂浮，最后它想屹立成一座山。

红色回到梦里。天空打开臂膀。时间充满温情。

石头的血液终于凝固，但骨骼之间依然潮湿，抑或是时间的泪？

它鼓足劲，身高万丈，肌肉千层，通体皆红。

简直就是一幅巨画，美其名曰：赤壁丹霞！

爱情天梯

铁锤敲打錾子，叮当叮当，还在大山回荡。

不过，这声音开始渐渐消失，渐渐变成了山涧的溪流哗哗哗哗，流向更远的远方。

每一块青石板，都是一个叛逆者留下的手印，折叠成丰碑。

每一级青石梯，都是一个出走者接受的承诺，叠加为天梯。

谁会怀疑？！

他们一生勤劳，不知道什么是苦。

他们并没有占山为王。他们生前并没有想到有人给他们塑立铜像。

六千余步石阶直逼云端，运送清贫和幸福；一对老妻少夫冲破笼锁，改写爱情与命运。

忠贞！

记住他们：刘国江、徐朝清。

望乡台瀑布

在它的面前，我甘愿做一滴水。

可是，我学不会它的抒情，更无法像它一样洒脱，千丈悬崖纵身一跳，蝶变为珍珠、彩虹。

它有一副好嗓子，震天动地，山谷回音。

它有一颗七窍玲珑心，日日夜夜挂在四面山，指引情侣在相思桥上许愿，牵手，诚信向善，奔向未来。

它多愁善感，晶莹剔透的眼泪常常汇聚成小溪。

往往这时候是春暖花开。

往往这时候是月上中天。

我宁愿相信传说是真的,虎头岩杀气太重,阿哥阿妹跳崖的故事过于伤悲。望乡台让他们魂归故里。

(选自《文学书院》2018年徽刊)

夕阳下的老纤夫(外一章)

_曹雷

那些浪花翻卷的故事,一点一滴地沉落在了江底,混浊空茫的眼眶中,只剩下回忆还在熄了又亮,亮了又熄。

夕阳下独坐水边,慢慢老去的身影,慢慢幻化成默然的礁石。

似乎受着什么牵引,让我把目光执拗地追向你——

是你从旋涡里飞出的悲怆呐喊,还是你在绝壁陡崖留下的纤绳勒痕?

是峡谷险滩上空你吼响的船工号子,还是你在野渡码头高高挂出的桅灯?

嘉陵江,就像一根长长的纤绳,绑定着你一生的命运,在险象丛生的水路上匍匐前行。

江风轻轻吹。这絮絮叨叨的讲述里,有烈火般的山桃花烧灼你的急迫喘息;有柔软的芦苇缠绵着你的低沉呻吟;还有如水的月光下,你执手惜别的含情叮咛……

这些属于你的,梦幻一样的传奇,是江天上越飘越远的淡淡烟云。

而眼下,时光老去,时代却焕然一新。

夕阳下,我只能望着你慢慢固化为一尊雕像,定格成嘉陵江河运史的缩影!

在太蓬山听佛乐

音是那样沉静，从容；意境是那样澄澈，高远。

突然怔住的我，语言的大厦轰然坍塌，训练有素的文字和标点一下子乱了队形，溃不成军。知道了吧，在这里，最好的表达就是双手合十，默不作声；就是把你的脚步轻轻放稳。

这是在太蓬山，在景福寺赭红色的幽幽光影中，被一种音乐击中的我，找到了自己想要的心韵。

一枚羽毛在耳朵里来回扫拂，
一股清水在心窝里反复洗濯。
我闻到了婴儿身体散发的气息，闻到了月下浴女隐隐的体香。柔软起来的心情，透过眼神，说出了久违的安详。

知道了吧，要避开什么，不是把躯壳往某个山林里寄存，而是让灵魂在这样的声音里完成宿命。

（选自《中国文化报》2018 年 9 月 13 日）

光的使命（节选）

_ 亚男

1

　　一间屋子，忘记了开窗。
　　走进去，一切事物都在发酵。桌子，凳子，是不会转换角色的。绿色的植物也失去了时间的知觉。究竟发生了什么，刀和尸体没有了关系。
　　本来，一扇门是有光的，但你却关闭了。
　　墙阻挡了光的进入。事物在一天天霉变。

　　不是险恶在虚张声势。你无心关怀鸟鸣，也无意相信草的摇曳。
　　走在哪里，都是一间黑的屋子。
　　久了，你也不想开窗。你伸手也只是看不见的空气，即便触碰到桌子凳子也不知道色彩的温暖。不知道杀人越货，也不知道灯红酒绿。
　　只有你碰翻之后，盲目撞到墙上，才知道疼痛。
　　才知道黑多么可怕。

2

　　回忆山水——
　　回忆草木，

恰好是玫瑰绽放的年龄。桌子上有苹果，有一个人的无所适从，有心神不宁的狂躁。
　　你看不见红润，看不见缤纷，看不见事物之外的延伸。

　　有天，轰然倒塌。
　　屋子只不过是你自己设定的。见光的那一瞬间，耀眼的刺激，紧闭着眼睛不愿去接受现实。慢慢睁开，流水在缓缓地抒发。
　　山峦的伟岸从来不缺少陡峭。
　　光落在地上，抽芽的春天，长出了叶子。
　　匆忙的人在寻找根，叶子在光合作用下，愈来愈美。这才是一棵完整的树。

　　光就是让你发现。
　　一个屋子，敞开之后，墙上的画，和山水在深厚中隐藏不住灵动。桌子上的苹果色泽多么诱人。
　　你触及到了，汁液的芬芳弥漫。

3

　　这个屋子里并没有妖魔鬼怪。只是隔绝了光。
　　你只是被一个个恶梦包裹着。
　　你瘦去了的灵魂，要感谢墙的崩裂，坍塌之后的废墟，就是一次重生。一天天饱满起来。脸上的光，自带红润。一曲黄河的雄浑，早已备好波澜壮阔。
　　搏击凶险，也是一阕酣畅。
　　仰视苍穹，翱翔的鹰，不失野性。
　　开阔的视域，阻挡不了一颗雄心。
　　即便是黑夜，那也只是在沉淀你的浮躁。光已经唤醒了你。你一定看见了茂盛的植物，在吐出负氧离子。
　　每一次出现的电影的镜头里，
　　写意的水墨达到顶峰。

（选自《诗潮》2018年第4期）

滑州，擎起满天的风帆与云影

_徐慧根

民俗博物院

走进去，就像一步步走进了明清，走进了民国，走进了卫河汤汤流去的光影。

进门的人，都是面前的其中一个新郎或新娘，他们都有过洞房花烛夜的相拥与相悦，当来到之后的生活里，顷刻间土崩瓦解。

他们太多的土里刨食，瓦上晒霜，几乎把自己埋进土里，晒到瓦上，想回到那个从前的时候，回到了流蜡流泪的蜡像，摸一摸那些曾经使用过的犁耧锄耙……

谁不曾感叹？自己就是这些一次次被使用过的工具。

欧阳修塑像

广场上太多的秋风，已近黄昏，头顶的夕阳正从肩头滑落。来到这里的人们，谁不想从高大几倍于常人的塑像里获取一点新生的领悟？

而脚下，惊现的却是那一片红光。

他们把目光转向相邻的那座宝塔，每个人都可以找到一个佛龛，佛龛里坐着心中那个佛，从一个到无数，那就是身前身后的千佛万福，也许这就是欧阳修的指认，太多的追随者被千佛万福所呵护着。

苍生永恒。已是信仰。

木版年画

每一个门神都这么威武，拥有一件制胜的武器乃至神器。经历了无数的风雨飘摇，也常常看到藏在门后的蛛丝马迹，他想从火线上退将下来，沉入床与船的梦里，但又总是被关不严的门闩暴露出来。

自此，他改变了生活方式，把迈不过的门槛朝横向打量，从长处计宜，他几近脱落地挂在门板上，给寂寥的门墩多一些依靠和关照。

大运河的道口

昨天的繁荣如枯叶般将尽，今天的繁荣似森林般凸起。而我们，在今天的繁荣里，又无时无刻不在向昨天讨取。

它已成为一道细流，却有一个隐藏多年的铁锚紧紧咬着那个水根，等待那一天卷土重来，人们都可以来一次关乎上下的横渡，必将是满天的风帆与云影。

这时，你拥有了昨天，也拥有了今天。

今天在昨天的绵延中更为真实与可信，道口里有太多的潜伏，依然等待更多人的发现与挖掘，包括历史上的每一次沉船。

送米图

他给过他们太多的米，像无数的恩德温暖了这里的百姓。

百姓在恩德之上，极其节俭地把米囤积起来，像藏富民间，以抵御接踵而来的灾难。

当他有一天断炊，没有粒米下锅的时候，又有大雪封门，这般高洁的辘辘饥肠，被老百姓听到了，他们纷纷把囤积的米送到他的面前，像把从他那里得来的恩德再送还于他。

官与民，来与往。这个米字格上的人，便鲜活起来。

暴方子，一个从厚重滑州走出去的九品小吏，却撼动了炽热的民心与冷漠的官场，在故乡与异乡之间来回飘荡……

千翠湖

人生百味是一味，人面千张是一张。

因此，就有那么多张脸一味地凑到这个湖面上，不肯失脸地试图找到自己的那张脸，当作千翠之一滴，紧紧盯住不放，并微微荡起波澜。

照来照去，看到的还是一张老脸，品到的还是那么一味，与那一滴青翠极不相称。沿桥来到湖的中心，又随时被桥送到边缘，桥好像在说，你匆匆而来，也将匆匆而去，你与此没有太多的关系，投来的只是一张浮光掠影的脸。

我无处躲藏，只能如湖水般坦诚而坦然。

大弦戏

弦在弓上，箭在弦上。

所有的帝王将相才子佳人都搬了出来，以极其高亢的气势，面对洪水野兽般的到来，一浪高过一浪，像对台戏演了多少年，还在不停地上演。

谁看见了这一幕又一幕，身后的大众百姓把他们视为知己，让那些洪水野兽般的到来，以失败而告终。大众百姓从身后浪潮般涌到面前，水可载舟亦可覆舟的高潮，还没有真正出现。

是以，一次次谢幕不能闭幕，民间戏曲成为代代承传的文化遗产。

他们应该给予的，还不止这些。

养心茶楼

喧嚣的闹市，是谁创造了一个盆景大的世外桃源？

盆景里有一棵茶树，绽出一树繁花，好像在书法的中宫颐养了千年，而瞬间从八面绽放。

这盆是个火盆，从泥土里脱胎而来，也好像在火里重生。火给了它生命的激情，激情往往火花一现。于是，它无数次把火吞进肚里，而吐出了芝兰般的芳香。

芳香映在水里，尽管都是泡影，也感到了来自地心的涌动，当你隐身于这清波涟漪之中,便可感到这一弯香泉是那么贴心、可心和养心。

一座楼,映照了大千世界,也映照了熙熙攘攘的人生。

(选自《中原散文诗》2018年第1期)

桑多河畔

_扎西才让

播种

春野如黑色颜料厚重黏稠,那高峰融雪也似浊流将画布上的山川悄然污开。尖锐而弯曲的树枝上,是零星的几点梅,沉默的播种者,你还在我的画面之外。

暮光迟早会照亮你红扑扑的脸膛,晚风也会抚慰你僵硬的手指,直到你的女人升起炊烟,你的狗从房顶上看到你的身影大叫起来。

哦,父亲,你当年种下的青稞,现在,才给我结出了紫色的颗粒。

一幅画

这和谐的画面,定然只能产生在人类还没有给万物命名之前,也只能产生在飞禽走兽还不愿成为食物链之前。

你看——

狼和羚。野猫和旱獭。

人类和树荫下的天马。

森林里群鸟啾啾,羽毛鲜艳如七彩乐章,小溪旁蚊蚋交合,显然是情欲盎然的世界。

我们最终破坏了这和谐,在弱肉强食的年代,我们最终统治了这里,在人类为大的时代。

我们把这里建成城镇,修筑了铁路,让路来打通外面的世界。

我们中的一部分也走出这里,再也没有回来。

(选自《中国诗人》2018年第3卷)

种子发芽(外二章)

_王景喜

情感的种子要在你的心地居住多久才能发芽!那次在京华的校园如胶似漆的莫逆之谈,旅途的困乏因有温情的露水做伴,狂风骤雨也默默地停息。

粉红色情感培育的种子已经含苞,绿色情感培育的种子游离在漆黑的浓雾间,黑白相间的一束光芒照射着非同寻常的土地,种子在留痕的缝隙中发芽生长,结出无花的果实,爱的收获。

留下一片寂寞

风生水起的时候,你游动如一缕烟。月明星稀的时候,你照耀如一团火。你是岁月的雨浇灌大地,你是时代的风吹拂蓝天,你是洪钟敲响在宇宙间。千年不变的是亘古不化的结晶体,摆在世间的客厅里展览,游人如织,赞叹美好,总是流连忘返,却只有相望的眼神,回首间,实则亘古的展品,留下一片寂寞。

月亮的眼

月亮的眼,是清澈的,送来清爽,心间照亮一片阳光。月亮的眼,是浑浊的,送来忧郁,心间云山雾罩。月亮的眼,是迷离的,传递乡愁,心间情深意长思故土,梦乡啊故乡。

(选自《湛江科技报》2018年11月9日《南国散文诗》第15期)

读心

_谢显扬

人学,心学。读心,读人。

读心,是穿越时光空间,与古今中外的圣贤对话,用先贤智慧灵魂的精华滋润心智,这是人生赏心乐事!

赏读孩童心灵,稚真纯洁,如涓澈溪流,似晶莹玻璃,令人心魂荡涤,返璞归真,甘当护士天使。

走进少年心境,天真烂漫,如花季雨季般梦幻,似万花筒般斑斓,让人好奇迷离,求索自然奥秘,追寻宇宙天道。

青春激荡之心,如含苞欲绽的花蕊,颤抖着懵懂的蜜粉,忐忑着向意中人怒放;心怀憧憬,执着追求理想事业,似启程的航船,蹒跚着驶向惊涛骇浪。

不惑心轮的情怀,历经酸甜苦辣的情感磨炼、真假善恶的人缘洗礼、平坦起伏的人生鞭策,既迷醉柳宗元"千山鸟飞绝,万径人踪灭。孤舟蓑笠翁,独钓寒江雪"的清高脱俗心境,又追崇范仲淹"先天下之忧而忧,后天下之乐而乐"的家国情怀。

读心，读出人的先天禀赋，读出人的知识涵养，读出人的家国情怀。

读知心爱人的心，在对视里读懂欣赏倾慕、读出冷暖牵挂、读晓真心珍惜。

读知己挚友的心，共赴患难绝望、同历荆棘风暴，凝心追求理想，一起开心、一起悲伤，彼此共担风险、共享成果。

读父母恩人的心，读出灵魂健康、美德宝藏。感激父母善长，是真诚与心魂的交流；感怀父母长辈，是强大与弱小的坦诚，是用真善美荡涤假恶丑。用感恩的心滋养润泽生活，用感恩的心激荡升华生命。

读圣贤经典著作，是与圣贤心对心的交流，是最高境界的读心。

然而，有些时候，读圣贤经典，读圣贤心灵，或许会读到惊心动魄的震撼：当圣贤名人心灵焦渴、思维狂躁时，难免会陷入思维意志的超常错位——尼采、凡高、海明威、川端康成、马雅可夫斯基、三毛……生命长度、深度、广度、浓度涅槃成另类生命折射。人们再也走不进他们的心灵领地，却也减不掉被他们所启蒙所皈心的智慧灵光感应。

更多的时候，读圣贤经典，读圣贤心灵，穿越时空，探究生活真相、生命愿望、人生情感、意志信仰，解读人生奥秘，在体验人生的无数可能性中，沐浴思想、熏陶灵魂、启迪心智，开阔精神依傍的时空。

心与心的交流，是人生观的征询、人生经验的验证、生命存在的印证。

读心，读孩童之心、少年之心、青春之心、不惑之心，读恋人之心、挚友之心、父母善长之心和古今圣贤之心，可探究人们在特定政治、经济、文化、社会、风情境况下的生存奥秘，可读懂人们对自然、宇宙、历史、未来的看法，洞悉人们的世界观、人生观、价值观，可感悟人们悲欢仇恨生离死别的心境轨迹。

读心，是破译人心验证人性的非常密码。

（选自《南方日报》2017年9月7日）

只有你是真实的

_灵焚

月光

我不要破碎的。
不要水面上的那些,那些颤抖不是真的。
不要指尖上奔跑的;不要弦上如歌如泣的……这些都不要。

即使悲伤,也要完整的、冷的、表面上若无其事的。
所以我只用大地接受你来过,接受你花瓣里的远,而呼唤却在深一脚浅一脚走近。

你让山有陵,你让夏雨雪。
这不,誓言只有半句,即使大地上月光临幸。
即使你是王,任意随处停留,你的颤抖是幽深的;小旋涡是宁静的;在皮肤上划出的一道细长的伤口,那月光下的河流是安详的……

天亮了,梦里的一夜都是月光。
被带走的,都是完整的;属于记忆的,只有破碎。
大地上,河,始终在流。一道鞭痕,月光般饱满,在碧海青天,抽打夜夜心。

无题

在你的大地上,风颤抖着捧着你的声音。
是什么?动了一下……
继续动了一下,再动一下,动一下……
断断续续动着,隐隐约约动着。
动是大地的生命,声音的颤抖,你的颤抖,动着。

我感受着你的动,你的颤抖,在你的大地上……
动着,被动抓紧,被声音的波纹打开夜色,夜色也在颤抖。
然后是潮水,是大地的奔跑,是呼救的千万只手……
突然,动在浪头戛然而止,把夜色拖曳向深处……
远了,远了,世界不再颤动,时间松懈如慵懒的星辰,随手撒向天际。

应该是动与声音溶解了,融合了。
只剩下大地,如疲倦时的婴儿一般温顺,正在睡去,河水从鼾声中流出。
而我,还在寻找动,寻找那最初的颤抖,声音的颤抖,在风的手上……

(选自《诗潮》2018 年 4 月)

大河之声

_ 黄刚

它是横亘北中国的一座九曲金汤。

它是散发着劲勃之气的一条动脉。

它是弓身腾挪于高原、冰峰、谷壑间的一条金色的龙……

两年前,领略了壶口飞瀑的雄伟气魄:它如垂天而落的一条金练,迸射出逼人的光晕,撞击出纯属天籁,仿佛发自地壳深处的交响乐;近见泥浆射空,岩颤谷鸣,兽走鸟惶,锐气赫赫……

今日,溯源而上,在这雄性的父亲河年轻骚动的回忆中,重伫河畔,我被艺术地摄入你宽厚的胸襟,在金城——兰州的"天下黄河第一桥"与你融合。

人说你是坚固的金汤。

从卡日曲到渤海口,天下黄河九十九道弯,这一道道弯转,是一个个象征,印记着一个民族的九十九个转折。在一个个转折点上,你拯救了黄皮肤黑眼睛黑头发民族的命运,将兄弟间的隔阂化消,将外侮的魔爪阻断,刹住不义的旋风捍卫民众的意愿,造就一代又一代中国的脊梁。

人说你是一管动脉。

没有你的润泽,这块黄土将干涸枯萎,没有你的奔泻,唤不出同一个意志,没有你的遒劲激荡,也不会有亿万龙孙的步履在黄土地回响。

没有这一管动脉,一个民族的载体将丧失活力、生机与希冀!

汹涌在这动脉中的,不是清纯的水,而是溶解了幼稚和成熟、耻辱与辉煌,封闭与变革,还有泥沙血泪的一种特殊的液体。

人说你是一条金龙。

因为你是华夏的图腾,执着于与太平洋共舞。你飞腾的轨迹不是平直的线段,而是布满无数冰峰雪原荒漠野林以至排山群涧和深渊的坎途。

你这灵性的神物代表着一群人不懈的开拓、征服,在呼啸中谱写出一篇篇哲学的乐章。

伫立在你的身边,我自心底轻唤着我的父亲河。

大自然与人类何等相似!

黄河,你是一位有血有肉的男性的人!

童年的你是清澈的轻吟浅唱,在那无拘无束的岁月,同样拥有孩童般的稚嫩无邪。

当人生的第一个逗号点定后,你便开始了青春的骚动,就在这种骚动中,确立了终生不渝的目标。

有时你在澎湃的热情中一泻千里,有时在困厄的旋涡中咆哮、苦吟。一旦冲破羁缚便埋葬沟坎,决断大山,于狂笑中结束过去,开始新"生"……

你走过,身后百花烂漫,五谷丰登,碧野葱茏,莽林苍郁……

你走过,也遗落寂死与恐怖。然而,黑子毕竟掩不住太阳的光耀……

在你的生命流程中,曾二十六次改道。额头上的褶皱填充着沧桑,那沧桑,便是你的混浊,混浊,塑就你的成熟。

混浊,父亲河的本色!

人世间没有纯粹的伟大,混浊的内涵不再是杂冗、迷乱与污浊,而是复杂的性格结合。解析这混浊,其间溶进了清纯的水,也掺入了悲怆的泪,赤红的血,纵是忧喜曲直顺逆美丑与善恶以及几多无奈,也成为混浊的一分子。

伫立父亲河之畔,我见你在沉稳地旋卷跃进,伫立你的身旁,聆听到你自信的呐喊。

为与太平洋共舞,父亲河哟,你广纳溪流,荡涤污秽,横扫保守,拓展来路,执着地流,流,流——

父亲河哟,从你身上,我隐约地看到了华夏的整体,整体的华夏。

(选自《陕西日报》2018 年 2 月 14 日)

辑二　碰撞的声音

断章

_谢克强

自由的风

风是自由的。

不是么,这些自由的风,只要它愿意,它就会按照自己的意志,想往哪里吹就往哪里吹,想在哪里吹就在哪里吹,想在什么时间吹就在什么时间吹……

你瞧,还没等我感知三月的沧桑,风就吹来了,轻盈如鸟的翅膀,把一朵花的眷念从冬的篱笆那边,推到我的窗前。

是呵,风吹就是一种感觉,一种漫无目的又真实的感觉。这不,当淋漓的汗水濡湿我的疲倦与烦忧,我忙不迭远眺那风的驿站离我多远时,风却带着凉爽,朝我缓缓地吹来。

当然,如果风要卷起风暴,你也无可奈何!

喜欢也罢，不喜欢也罢，风都是自由的。

人生，或河流

昼与夜，或者说白昼与黑夜，白追逐着黑，黑追逐着白。

就像一滴水追着一滴水在流，就像一层浪追着一层浪在涌。所以，这白加黑流逝的光阴，更像一条河，一条波涌浪卷奔腾的河流。

是河流就不会停顿，当原野的村庄在朦胧的月色里沉睡的时候，当风雪中的树林感到疲倦不现生长的时候，当岸边的石头欲挡住去路的时候，它反而充满激情，向前奔涌……

它知道，一停顿，就是一潭死水。

我们经历的白加黑的光阴，或者说生命经历的流程，不也是一条河流么?！我们所要做的，就是激发生命的潜流，去壮阔地奔流……

（选自《散文诗》2018年第8期）

雀（组章）

_李耕_

一群麻雀，落在村庄。
叽叽喳喳于村庄的每一户瓦檐。瓦檐，是雀的舞台。
我的瓦檐，空无一雀。
问雀：
雀答：捕雀的笼，仍在檐下的风中摇摇摆动……
雨，野草
雨中。野草，
野草，没有伞。
野草从不与雨的潇潇拉开距离并让雨的柔指，叩击自己的肌肤。
野草青青，
青青出雨的光泽。光泽，一种诱人的诱惑。
我，走在野草中的雨中，也是为了这青青的光泽吗？
我，也没有伞……

蛙鼓

惊蛰一声。
一声衙门的击鼓，喊塌了六月雪的牢墙。先锋之音一声，匍匐田野，蓬雀岂敢是蛙的同盟。
破寒天冻土的此刻，蝼蛄，
蜷缩在土墙怯懦一角……

漂泊情结

浪涛中生涯,看漂泊的樯桅之林,看鸥牵引白帆的飞。

不靠岸,处处是供选择的泊靠的岸。靠岸了,只有这一处岸是自己的。

漂泊,漂泊……

夜旅

沉瀣夜雾。雾墙厚重,只觉脚下有路之外,一切皆沉湎于雾的沆茫幽暗,已不明归宿的方向了。

沉漭于漂泊,又何以漂泊。

干脆闭目于雾的沉沉瀣瀣的围堵,暂且寂静于梦……

(选自《大沽河》2018 年第 2 期)

用一辈子,咳出三生难忘的回忆

_皇泯

我说:嫂子,我感冒了!

一陶罐端午节晾干的苦艾叶,三片秋收后的老生姜,黑里透红的汤汤水水,熬出我弱不禁风的伤寒,煎出我日晒雨淋的病痛。

让我的生命,不再咳嗽、发烧、出冷汗;

三勺蜜糖，甜透我的文化苦旅，两只土鸡蛋，剥壳去皮后，纯洁的蛋白里，蕴藏着金黄的太阳。

土生土长的嫂子，质朴如艾叶和生姜；
原汁原味的情感，温馨如蛋黄，亲切如蜜糖。

嫂子问：感冒好了吗？
好得差不多了……
差多少？
即使不差一丝一毫，我也想在这切肤入髓的问候里，用一辈子，咳出三生难忘的回想。

赴约的情人，温暖在自己的心窝里

突然降温，城市穿着短袖，在寒风中瑟瑟发抖。
鸡皮疙瘩，隆起的丘陵地带，有点返璞归真的味道。

裙裾，再也没有秀腿的诱惑，低胸，再也没有窃喜的偷窥，所有的目光，如过街的老鼠，逃之夭夭。

躲在窗玻璃后面的人，虽然还没有看到雨，却提前在琢磨雨伞与雨衣的问题。
只有欣然赴约的情人，温暖在自己的心窝里。

（选自《中国魂》2018年6月）

雾海孤帆

_ 徐成淼

      岸已经远远地落在后边，港口最高的塔楼也退出了视线。前面是茫茫大海，浓雾正在聚集，如千军万马奔腾而至，和滔天巨浪拼死博弈。

      我驾着帆船破浪出海，独上征途，绝无反顾！

      雾越来越浓，如棉，如絮，如白色的乳。它有了重量和质量，有了弹性和柔软度，还有等离子的速率和全方位的耦合力。像永无谜底的疑团，将我和整个世界决绝地隔离。

      在我的头上，在我的脚下，在我的身前，在我的身后，浓雾无所不在，无所不包。它将我环抱，将我挤压，将我捆绑，将我缠绕。

      阳光穿不透雾幛，光线被雾粒吸收，变成了散射的光团。混沌，浑蒙，迷惘。有如宇宙洪荒的年代，天地未凿，乾坤未奠，时间还没有开始，我也远未从蒙昧中醒来。

      没有迁徙的候鸟，不见洄游的鱼。逆戟鲸和白鲨被这无边的大雾恫吓，急速潜入深不可测的海底。海鸥惊恐万状，惨叫着落荒而逃。

      见不到任何同类和异类，孑然一身，只有我自己与自己为伴。

      颠簸着驶进浓雾的深处，在一片茫然中与自我同行，以孤胆面对无方向的方向，面对柔若无物而又强硬如铁的雾墙！

      迷雾抹去了生与死的界限，抹去了过去与未来、已知与未知的界限。只将我彻底抛弃在存在与虚无的间隙，让我用整整一生去参悟命运的真谛。

      巨浪再次涌起，把我和我的船推向半空，随后抛落。

      舵破碎了，帆从桅顶颓然滑落，在甲板上瘫成一堆残骸。桅杆也倒下了，像遗体躺在灵柩之中，了无生机。

      罗盘失去了方向，海水涌进船舱，最后一块甲板脱落了，帆布和锚缆纠缠在一起。船已倾斜,它将在子夜时分彻底翻覆。

我仰面躺倒在残破的船舱里,目光穿过白雾,看到了谜团之中的谜团,看到了虚无之外的虚无。

在关键的时刻我毅然奋起,以最后的力量,把满目混沌还原为一个巨大的程序,所有的数据都在这一片白茫茫中排列成三维矩阵。而我就在这一派荒诞中幡然醒悟:我将与雾天雾海融合为最清晰的共同体,一起进入超然的境界!

浓雾还在滚动,将我再次裹紧,我听到了体内骨骼碎裂的咯咯声……

雾海无边,我无尽的漂流将延续至永远。

(选自《中国海洋报》2018年8月16日)

诗瑜珈

_ 严正

1

脸部贴在翻开的日历之上,大雁飞出课本,一个人的房间空着,记忆是会断了绷带的,红色和白色在我的睡眠里渗着蓝——

不远处还传来虫子啃木头的声音。

2

有雾的清晨,嚼口香糖时含混不清地说话,信就躺在安静的信箱里,她会回来吗?我也说不清。

不放映电影的日子，幕布偶尔也会动一下、两下。
我坐在某排某座，等着剧情之镰割断脖颈。

3

总是小小的，手中的冰很快就化了。
一个人是完整的，满足于一年四季的变化，满足于风霜雨雪。他变得粗糙，老茧也是一样。

4

夜晚惊醒，杂乱的事物结满蛛网。
那些还没来得及抛出的支撑起空间，我在其里漫游，我不说话，尘埃也不起。

5

雪那么大，我把它关在门外。
我的朋友从遥远的地方来看我，雪还是像先前一样暧昧地下着，丝毫没有停下来的意思。

6

亚光的反光镜。
椅子上的睡眠是橘红色的，合回原来的样子，多少伤害，多少镜中设镜。
多少闲暇之余我们在旋转门上流出玻璃眼。

7

星期三的蓝调带上纽扣,很多人,很多车,红绿灯。

肉体磨着肉体,我乘坐张南专线去了热闹的市区。汽车慢了下来。我默默地像个陌生人。

8

我乐于小饮啤酒,在一张旧地图上安家,越来越远。

只有绳子,铁钩,骰子,枝状吊灯,秃头鹰,吓坏的疯子。落雪的黄昏,我和她在裂缝之中销声匿迹。

(选自《湛江科技报》2018年10月26日《南国散文诗》第13期)

仁慈(外二章)

_徐孝先

焦躁的心,被城市的喧哗、繁忙所沉陷。偶尔氤氲的日子,还拉动荒芜。

禅坐,在大自然。

请施以仁慈的雨露,带着和平与安宁降临。降临的还有雷电,令欲念与诱欲,尘埃蒙不住心。

日复一日的浇灌,是母亲流下的泪滴……

一丝清廉的心意。

灼烧心。

在诸多时光里，微笑着静默地聆听，同时听到大自然的心音，与自己的心音相同。

在触摸不透里

命运一路小跑，期待与凝望，风雨兼程，将生命打开。视野扩大时，看见人来人往……

故事有些沧桑，不让生命气喘，在众多的触摸不透里，还是注重心的庙宇的筑建。

悠然而从容的耕耘。淡定自若的"心经"，回声绕梁。

借助禅耕的意念，许多时候，目光在深处早已翠绿。

借助季风，泄露春色……日子终于敢开口。

眼前似模似样的思绪，好让生命乘凉，完整的屋，不会担心缺角。

转身窗台，阳光很明亮，蓦然看见一地金光闪现，循着南归的鸟儿，

佑我前行。

或者与其中

不能覆盖所有的脚印。

一些脚印，一个个人印迹的音符。只管将苦涩植进过去的深处，其中的情节如果恰似嘶哑，但记住飞翔的上方，还是不忘歌吟……

沿途的枝丫芬芳悄然，弥漫生存的空间。平朴的足音，也因之在青葱之间跋涉，跋涉千里江山。

罗盘在指引。

依山畔水，皈依歌唱。

生命的翅膀掠过黑暗和忧伤，梦中的聆听是珠江点燃。不谢的花朵开放思想或者内心。不挪开一步，或者歌词活灵活现揣入怀中。或者干涸的情感日渐丰沛。

（选自《散文诗人》2018年总第50期）

青花瓶

_王舒漫

黝黑的苏麻离青,一滴清水,一滴泪,醒来三世。我相信,在你放出诱人的光芒之前,定然是,最静,最美,最温软的沉默。

举笔,心静宁。从点到圆,世界转动,变平,我眼睛里升起一抹深蓝如流线的麦穗,无与伦比地将芬芳荡开,泻下。四周渗出一片海,深蓝的花朵,沉静地开在辉煌的大唐,又像梦,写进惊世的预言……

一念,万年绕指间,仿佛触摸你跳动的脉搏,你的余温。好想,好想,就这样静穆地抱着你,抱着淡青的诗意,抱着这五谷,这五药,和这五香。

这,满盛净水之香的青花,淡雅得惹人心醉。在梦的边缘,心放在时空。我小心翼翼地捧着,生怕弄疼你,我想象1330摄氏度烈火燃烧,氧化,还原出你民族的气质,我激动得手足无措。你的纯净,燃烧的灵魂和贴近地面的质朴。我无法抵御。

我与你只隔掌心的距离,但你看不见我,我眼里早已分不清是青花,还是自己?

哦,青花瓶,你沉默了千年,染过忧伤的斑驳,将历史写在高贵的头颅。希望的梦啊,载着惆怅的羽毛,静静地伏在泥土之上,跳舞,而我用指尖轻轻地挑着月光,为你写下半阕婉约。

哦，青花瓶，你的魔力使我着迷。我挣脱不了，也不想抗拒你迷人的诱惑，彻夜不眠。青花啊，不要在最美的瞬间化为碎片，更不要在最璀璨的那秒消亡。

我要竭尽生命的智德，与你妙华为盖，与你永生，挚爱。

（选自《山花》2018 年 7 月）

这是谁的河流

_ 雨倾城

从前世到今生。这是谁的河流？
这是谁的古老的爱情、最好的水？
这是谁的，远道而来的连绵不绝？
摁住胸膛，羁留于此。
留下，我就是澎湃；留下，我也是宽敞。
一个人走着，她是一滴水。
一个人离开，她没有太多的伤口。
涨水的河床，抓一把树叶，摊开自己，水上生红日。
梦里，有我不愿落下的樱花，世外的村庄，一波一波的往事，从未到来的赤裸的真实。
一条时间的河流。岸草摇晃。
长大的小鸟，只与青山语，只与白云语。
风在风中，水在水上。
我不说出爱。我在它们中间随意行走，带着自由的灵魂。怎么走，都叫命运；怎么走，也没人认出我。

（选自《青岛文学》2018 年第 9 期）

航海者

_庞华坚

这里

这里是天涯海角,脚步迈不出去,也不能后退!

一个人,一群人,千万人,来过这里,驻扎在这里,从这里深入未知。

这里是天,这里是地,这里是他们世界的全部。

在这里,除了极少数人(比如哥伦布、郑和)青史留名,绝大部分,都消失于这茫茫海天之间——甚至不如一片贝壳,或者一块白骨。

千山渺茫、万云飞起时,那些亡灵,现在被烧酒复活了生命——

长歌当哭!

但是,谁能给苦难、梦想和守望定义?

谁又能评判出执著、眷恋和生死的分量!

千百年来,他们成了离世间最远的隐士,成了世人无从知晓又无处可逃的犯人,成为泥沙俱下的记忆中沉郁、悲悯而不放弃形象。

——这些,跟他们有什么关系吗?

对那些把无边蔚蓝放飞上天的人,他们已经完成了使命,留给我们的,只是一片空白。

白空,也许就是大海的全部。

眺望

眺望只能是感受，而绝非看见。

浩渺大海面前，所有飞扬的骄傲平静下来时，人心有岸，而大海依然无限。

人类对海洋的胡思乱想，大海从来不置可否。

目光最后都会集中到蔚蓝。

蔚蓝从大海表面开始，进入纵深。

在海上，那接近无限透明的颜色，谁也绕不过去。它会让平静眺望的目光逐渐升暖，以致燃烧起来。

明亮、宁静、忧郁、死亡……悲和欢，属于我们和不属于我们的林林总总，汇聚成一种明知不可接近却甘愿投身其中的诱惑。

它们一定会化为乌有。

视野里，一串串脚印从脚下向海滩延伸，深浅不一，整齐又拘谨。

海浪只"哗啦"一声，就把人类在沙滩上踩出的凸凹抹平了。

也会看到如一叶浮萍在海上飘摇，那是一只小舢板或者一艘大船。

它们渐远或者渐近，可能是满腔热忱奔赴，也可能是疲惫不堪返回。

（选自《北海日报》2018年5月29日）

与时光一起走（外一章）

_蔡照波

十五的晚上，户外洒满月光。

我们如约到了"绿岛"。沿湖边摆开的桌子，就我们那张没有插阳伞，便担心着会被露水打湿。

桌上的蜡烛，火苗飘飘忽忽；一夜的倾诉，写在风中。我说不要太多的抱怨，你的那一段情已足够这辈子消受，能把它收藏在心里，心就充实，就热乎。既然感叹时光不可倒流，何不现在就乘船与时光一起走。

没有阳伞的上空，是一轮圆圆的明月。夜空显得很寥廓。不可想象，这是南国的一个冬夜，坐在露天里。不觉得有露水，心头却是湿湿的。

逆水行舟

舟行小三峡，谷窄山高，夹岸景物便一一地擦身而过。近在身边的好景致，却因位置逼仄而无法捕捉得到，也只好作罢。

一路逆水而上，水浅、滩险。每逢过滩，船夫便常常要我们调整位置，以平衡船体避险就夷。游客不时惊叫，船夫却驾轻就熟，从容处之。便想着，假若我们的生活之舟行驶在逆流险滩上，未知几人能如此履险不惊？

至银窝滩，水虽浅而流急，舟行之缓，令人有"逆境难熬"之叹。船家担心着船搁浅，我们只好舍舟登岸，徒步绕过了这个滩，始进入河宽山缓的宽谷地带。此时眼前一亮，方晓得"行至巫山必有诗"。

（选自《散文诗人》2018年总第50期）

泰山无言（外一章）

_苏雪依

  汲九霄之云气，瀑千里之晶泉；
  撷玉虬之灵犀，坐大岳之巍巍。
  屹立于泱泱齐鲁，看世间尘烟千变；侧枕于黄河之畔，观九曲之人生。
  而他无言。
  涵养星辰，辉纵日月，蕴秋实春花，纳四海气象。而他无言。
  怪石嶙峋，青松如戟，斧劈山削，无路可寻。而他无言。
  有山民者猿攀狁挣，虎口谋生。久而久之，引来天子叩拜，众生朝圣。而他无言。
  春日草木茁茁，夏日林密荫盛，秋日果实累累，冬日白雪纷披，而他无言。
  其实他有千言万语，但观朝阳如血，烟霞磅礴；但观星辰肃立，烟暮沉沉。而他无言。
  孔子曰逝者如斯夫，而他无言。
  诗圣曰一览众山小，而他无言。
  曹植曰千里殊风雨，而他无言。
  张衡曰侧身东望涕沾翰，而他无言。
  ……
  他无言，亿万斯年，是一个故事。之后亿万斯年，亦是不可追回的历史。
  河水滔滔，松风阵阵，雨雪茫茫，印迹全无。
  是以，他无言。

普照寺

　　钟声悠悠，穿越巨大的时空，涤荡远处的红尘。

　　倦鸟已归巢，长尾巴松鼠已上树，而一只仓庚，用趾翻动青蒿的册页，以砭砭的低音缅怀时光的流逝。

　　溪水从寺内流出，流成一支溪溪的曲子，沾湿了，跋山而入的鞋履。鞋子停下了，一颗浸淫人间太久的心，也停下来。听见轻轻呼叹一声。

　　就坐在面前这块大石上吧。雪亮的石头，岁月磋磨的石头，月光星光以婴童之心朗照的石头。

　　一枚叶子倏然滑落，拂上清俊的面颊。秋的第一个使者，落在白石的脚下。

　　空山岑寂。木鱼笃笃地响起来。清渺，恍惚。依稀可见那青灯之畔打坐的女子。

　　星星，终于一点一点浮上来，遮盖了这浑然一体的山与寺。

（选自《散文诗人》2018 年总第 49 期）

淇河书简

_李需

　　淇河之水澹澹，了然无痕。

　　如一帧遗风遗俗的画卷，一截历史的残简。

　　惠风和畅的洒脱，或者风水轮流转的桀骜，最后都会以一种言简意赅的方式，用一弯残阳封存。

沿淇河之滨，我在搜寻一只红狐峨眉婉转的踪迹。而我，一眼看见的，却是水——豪迈的水！

一方水土。

玉洁冰清。

我用一片荷叶，顶起一把锄头的妩媚。我用星辰日月，装扮人间烟火。

古往今来，多少事？

庶民如蚁，我愿我只是一只跪乳的羔羊。蚁命如纸，我愿我只是一滴化入纸中的墨水。

秋风入素绢。

淇河的大地，如一位风姿绰约的美妇。飘逸的秀发，顾盼流溢的眼神，裙摆如风。

我看见她那一对丰腴的乳房，如巍峨的山峰。

淇河之水澹澹，了然无痕。

淇河从春秋战国流淌而来，流经了汉文章的俊逸，唐诗宋词的神奇，最后，流出的却是一部煌煌的红楼之梦。

红楼之梦，最后的最后，只凝成了一滴泪。

一滴泪，一颗露。

一露一草木。

人海茫茫，草木葳蕤。

（选自"中国诗河鹤壁"2018国际诗歌大赛三等奖作品）

神话中国

_饶远

点燃神话的引信，引爆现实的飞腾。

让一个个神话式的梦想，从太空落到地面上，绽开新时代的花朵。

荒漠时代怀抱着婴孩时代的中国，喝着寒风冷雨酿造的乳汁，孵化出一个个悲壮雄浑的神话，在野性的天空，书写心中强烈的渴望。

驮着壮阔和粗陋的向往，艰难跋涉五千年。神话，喂大了中国人不屈的志气和排山倒海的力量。

神话激励出后来者，生长出实现神话的智慧和冲劲。

当科学与物质铸造的翅膀，比翼齐飞时，就能飞越神话的巅峰，创造出骇人惊叹的奇迹。

几千年积压的能力就在此刻凝聚，几千年锻冶的智慧也在此刻爆发。

40年，就是漫长历史的"此刻"，让所有神话登上当今舞台，进行最抢眼的演出。40年，是所有神话精髓的集合令，让沉睡万年的亮丽神话粉墨登场——

千里眼高兴地喊叫："瞧，有个头顶蓝天脚踏深海的巨人，向我们走来了！"从五千年的时光里醒来的仙人们，好奇地张望，说："那是我们神话的中国，正在这个星球上崛起，是一个比神话更神话的神话啊！"

千里眼信服地说："我不如当今中国，他睁着光年眼，望见了一千多万光年外的宇宙美景。"

顺风耳揉揉大耳壳说："现实中国张开的量子耳比我强多了，听到了整个世界内外细微的脉搏。"

盘古高举双手赞叹："中国操起了太空手，把美梦架设在了浩渺的太空！"

飞毛腿笑了笑说："我真服了。如今的中国厉害了，迈开了高铁腿，把时间甩在远远的后头,跑出了时速的羁绊。"

精卫不再怨恨,笑说:"美丽中国一脚能踩到万米深海,采集了大海多彩的秘密,我再也不去填海了。"

嫦娥兴奋地跳了起来:"哈,我不用偷药吃了,坐着咱中国的飞船就可到月球,还可遨游神秘的太空……"

太上老君听了大家的赞叹,欣喜万分,说:"新时代的中国,把我们的一个个旧神话,变成了比神话更神奇的现实,13亿人的血汗浇灌,最新科技的不断喂养,红色引领出了崭新神话的七彩胚胎!"

神人们盛赞这样一个现实:

改革,是一次精细的雕刻,把中国的形象镌刻得淋漓尽致,比神话更神奇。开放,是一把开启富裕的金钥匙,把贫困赶出历史舞台,让幸福走进千家万户。

40年的改革开放,创造了一个让世界惊讶的更迷人的神话,中国一定会永远奋斗,去接驳明天的蓝图,去开拓全球最幸福的世纪!

(选自《蒲公英》2018年8月)

枫叶红了(节选)

_赵振元

一

枫叶,在天边彩云的衬托下,分外妖娆,有枫叶衬托的彩云,更加绚丽多彩。经过秋的洗礼,对美好的爱情有了深刻的领悟。爱情的故事,是心中梦想的期待,真正的彩云,不在天边,而在心里。真正的爱情,不在梦里,就在眼前。真正的幸福，不在热烈的情感，而在平淡的日子里，在心灵的融合中，在相知相爱相伴中。真正的快乐，是在经历风雨之后见到彩虹，是大家彼此的真诚包容。真正的依恋，不在远处，就在自己的身边，朝夕相处的知心爱人。

枫叶，大自然赐予我们的杰作。爱人，是心灵真正的依靠，是时刻的眷恋，是梦中的归宿，那是情深的伉俪，那是亲密的伴侣，那是智慧的爱人，那是包容的战友，那是温馨的港湾，那是心往神追的幸福家庭，那是历经风雨后天边美丽的彩虹，那是一种无法割舍也无法替代的情感。

二

枫叶红了，果实熟了，爱情更甜美了，在枫叶红了的日子里，必将收获更多的爱情果实，迎来万紫千红的美好春天。

枫叶红了，那是对大自然的热爱。大自然总是美好的，珍惜自然，才能从自然中获得享受。尊重自然，才能得到自然的恩惠。热爱自然，才能体会生活的意义。贴近自然，才能理解生命的价值。融入自然，才能领会人与自然和谐相处的真正含义。

枫叶红了，那是对秋的道别，秋风无情，落叶纷纷而下，向我们做最后的道别，深情而难舍，道别在深秋，秋的一切美好将成为过去，成为永远的记忆，而冬将来临，那将又是别一番风景。

枫叶红了，是一种自然景观。自然界就是这样，春、夏、秋、冬，四季交替，循环往复，构成生生不息的生态循环圈。而每一个循环，都是独特的、无法替代的景色。

枫叶红了，表示生命的经历过程。生命就是这样，不同的经历，不同的光彩，不同的阶段，不同的辉煌。

枫叶红了，象征生命怒放。生命，不仅在青春闪光，更会在历经磨难后的成熟期，怒放生命！

在红色枫叶撒落的日子里，风清气正，风新气顺，风清气和，风馨气暖！

（选自《散文诗世界》2018年第1期）

红屋顶

_蒋登科

胶东的屋顶多是红色的,有的红得发紫。

尤其是在乡村,有时红成大片大片的,有时又从树林间透露出星星点点。

早晨的红屋顶沾着湿气,或许还有点点滴滴的露珠,在阳光下显得温柔而安详。

夕阳下的红屋顶泛着迷人的光芒,和余晖配合得默契而美好。

没有阳光的时候,屋顶呈现出紫色,有时是暗紫。

雨中的红色像血,雾中的红色如岩。

每一天,红色都是新鲜的,也是陈旧的。时光在这些红色的屋顶上流出来,又流进屋里。人们在红色的照耀下进进出出。

头顶是蓝天,点缀着朵朵白云,悠闲而自在。

远处是大海,以蓝色为基调,也随着红色的深浅不断丰富着色调。

胶东人在血色中奔波,在岩石间跋涉,在雨雾交替中摸索,在阳光照耀下生长。

蓝天,碧海,红屋顶,胶东半岛恰似一幅巨大的油画。

画布上,一艘巨轮驶向无垠的大海。

(选自《重庆晚报》2018 年 1 月 23 日)

仓央嘉措心史：一个人的西藏（节选）

_ 洪烛

黄河水车

在青海贵德看过绿色的黄河，到了兰州再看，已变成真正的黄色。河边还多了一排低吟的水车。由于刚从藏区归来，耳畔回响着仓央嘉措的情歌，我把这大名鼎鼎的黄河水车，也当成转经筒。看来黄河也有一本难念的经，只不过念着念着，苦水就变甜了。在那荒凉的地方，正因为有歌声，无情的天地就变得有情了。脑海里有一排水车搅动，心中有一排转经筒转动，我也逐渐变成另一个我。记不清自己失去了什么，只知道每唱一遍，都有新的收获。"美丽的故事需要一个主人。""对不起，我只是过客的过客。故事再美，也只能与我擦肩而过。"

雪山的等待

雪山是一种等待：没等到山花开，只等到雪花开。山花是一种等待：等的人没来，没等的人却来了。雪花是一种等待：没有什么是应该，只有不应该。我也是一种等待：没等到雪山化了，只等到心软了。最漫长的等待，忘了等的是谁？最痴迷的等待，不知道自己在等待？有人等到了天黑，有人等到了头发白。被等的人已不在了，等人的人，还在。还在原地徘徊。有人因为等待而绝望，有人因为等待而存在。

故乡没有变

　　故乡没有变,是山在变:变瘦了,或变胖了。山没有变,是山上的树在变,树的颜色在变:变浅了,或变深了。树没有变,是水在变,变得清澈了,或混浊了。水没有变,是水里的影子在变,照着你像照着另一个人。影子没有变,是你在变,弄不懂自己:是多情还是无情?你没有变,是心情在变:看山时笑了,看水时又想哭。故乡没有变,是乡愁变了,折磨人的乡愁,也会变成一种享受。故乡没有变,这世上只有故乡与母亲,以不变应万变。

(选自《星星·散文诗》2018年第3期)

豪雨

_高伟

　　豪雨终于在天上忍住没有落下来,像我终于忍住的泪水。
　　还仿佛是我没有说出来的词、不再说出来的恨。
　　豪雨,用最大的声音小声喊我,把我仅存的一点爱喊疼。
　　我自己就是一场干涸的豪雨。
　　七月正在把我曝晒。我的出生,比很久很久以前还要久,被一场不被知道的哭声降临。
　　谁让我出生,谁就是刽子手。
　　母亲,倘若尘世的底子是含混的,活着注定是一场失败,我的成长注定是一次货真价实的被破坏。
　　母亲,我被谁经你从大地的腹地上移植过来,活在一个碗大的花盆里面?

我的神经像互联网一样四通八达，一个汉字就能把它碰疼。

我的梦比我的面孔更加半老徐娘，我早已不信任她。我的恨也像过了保质期的猪骨头，一点鲜艳的味道都没有了。

在这个世界上我信任爱，更信任痛苦。我已像接纳爱一样去接纳痛苦。

大隐隐于自己，小隐隐于世，我隐于一场豪雨。

落下来的或者没有落下来的豪雨，它们是汉语中的盐，把我的一生的疼痛腌渍得痛快淋漓。

（选自《重庆政协报》2018年9月）

大鹏湾

_ 宋庆发

"南冥有鱼，其名曰鲲；北冥有鱼，其名曰鹏。"大鹏湾，你是从北冥之北飞至南方之南的那尾大鱼么？

谁说"深圳的天空没有蓝色"？谁说"深圳的夜晚害怕宁静"？谁说"深圳的扉页缺乏诗意"？

看吧——

你静卧在那里，背驮观音龙岩，一直陪着三国时的护城河，守卫着东冲石板桥千百年来不变的江南秀气，只要稍一抬头，你便一边抚摸着西冲那抹浣纱一般的温柔，一边目送渔民黝黑的身影渐渐融入水清沙幼的斑驳里。

听吧——

大海蔚蓝的呼吸，早已随七娘山的裙裾摆动而如风，早已习惯于小梅沙新月一般的缠绵而如歌，眠时播放小夜曲，醒后处处作波吟。

大鹏湾，岛绿海蓝；大鹏湾，阳光妩媚金沙滩。

（选自《散文诗人》2018年总第50期）

眉州记事（节选）

_李俊功

A.

眉州：峨眉山一方小小的额眉吗？

你望峨眉山，如父的脊背。峨眉山望你，一张笑脸，盈盈有韵。

山适合作诗，水适合研墨，一幅画已在春天皴染，一首诗已在人间酝酿。

眉州：时间醒目的标题。

——山水的魂魄！

K.

谁还在那个地方恒久站立，为一座城市吟哦，不，在为斑斓的光阴吟哦？！

眉山城西南隅纱縠行内，他在等某一刻光芒的灵感。

56800平方米的面积上，铺满了可见与不可见的诗章，蜀葵花开过一年，又开过一年，连小小的孤独，也开过了花。

连他看护这片天空的目光也在开花。

大地上果实芳美，山顶上的风再次吹来，吹走了四周些微的灰尘。

M.

当我倾听着阵阵夏雨,在窗外排列句子,在窗外独自吟诵。我忽然为纸上不再分行的抒情,种下了一千年之前诗歌的种子,它的渲染,其中自有眉州的色彩和气息,也有眉州的润土和根芽。

眉州的山水,富于逻辑学的思辨,它在苏轼的背影中,承受着清朗天气的照临,也润泽着时雨瑞雪——自然福地,人间画廊:这里盛产粮食、茶叶、油菜、杜鹃、翠竹、枇杷,也盛产日光、爱情、风景、艺术、云海和佛光……

(选自《星星·散文诗》2018年第7期)

父亲

_ 刘海潮

岁月老去,一如你我。

白发疼痛不已,满头的霜和雪,一直小,一直低,一直矮,一直瘦弱成泥土。

痴呆的灯发出微弱的光,照亮回家的路。

五十多年了,异乡如故土,秦州似兰阳。

藕河断裂。

石头的白顺河谷流动,两岸的回声击碎童年。

渭河,黄河,一路向东。

铜瓦厢的决口撑破平原,泡桐花落,叶子上的纹路时断,时续;时缓,时急。

多年父子成兄弟,而你我最终还像路人!

(选自《草原》2018 年第 4 期)

洮水,生命的奇迹

_ 宋晓杰

你来自西倾山的北麓,与代富桑草原分列南北。孪生意味着生命的奇迹。你们一路穿峡谷、过草原、绕古寺、转石刻,在黄昏时刻安稳地停靠在刘家峡,找到了母亲——哦,黄河,圣洁的晖光铺满慈航……

长城持重,它无言地守着秦时的诺言,在洮河岸边,熄止了战火。而我,在长城的另一端,借飞驰的繁星写下:献给神水的诗篇。甘南高原、卓尼、藏王……我阅读你们,就是倾听万物,省察人生。

水草丰茂,牛羊肥壮,格桑花遍野盛开。这万紫千红的四野如彩陶般绚烂:希望的绿,威仪的黄,高贵的白。之后,是乌金、金砂、孔雀蓝、玫瑰红,又被镀上日光、月光、母亲慈爱的目光……

洮河,巨大的产床,我再一次出生!清朗的天、宏廓的地,放牧我的思绪;腰肢一般滑软的草原,让我打几个滚儿;玛尼石的六字真言,给我安慰的曙光……

我一动不动地看着这个世界转动起来,如生生不息的转经,祈诵。我们画鹿、鱼、蛙和鸟,并在风中写下愿景、宿命、文明的秩序和不尽的旅程。

"L"形转弯是你华丽的转身,更新的世界訇然洞开:河谷开阔,旷野葱茏,在草坡上支起帐篷……这百感交集的尘世,令我无端泪涌。我被灰尘满面的欲望围攻,却又被这些洁尘的河流、溪泉清洁、医疗,如生命之河上的浮桥,搭救我于水火。知否不知否,当归不当归?

(选自《珠海文学》)2018 年第 1 期)

翻越后山坡

_花盛

它站在高处，穿越云层，离天更近。

风吹过，云未散。它的下面，无数山峰若隐若现。

翻越后山坡三千米的海拔，我相信，一定有一缕炊烟在它脚下缓缓萦绕。

多年了，我的脚步始终奔波在回家的路上。

后山坡蜿蜒曲折的道路，像我们走过的日子，渐渐风化。

而我们，如一片片叶子，随风飘去，淹没在时间的波浪里。

每一次翻越，我都心怀虔诚；每一次眺望，我都悲喜交加。

我一直相信，那白色的云层就是大地，穿过云层的大山，就是亲人孤零零的坟头——

冰凉如雪，被时光擦得铮亮。

（选自《诗潮》2018 年第 9 期）

医院

_语伞

这枚白色大脑思考的是身体魔术。

吞刀吐火的伤痛和疾病，不明修栈道，爱左道旁门。

我在这枚白色大脑里奔走，像在寻找一个早就破解成功的谜。它额上的红十字架有难以破解的身世。我有难言之隐。墙壁上的钟摆不停地复述：时辰，时辰……它有雨后祥云的闲情。

我用昨天捧食慕斯蛋糕的手，反复掏取病历卡。与我一起反复排队的人，比悬崖上的树还沉默。仿佛我们脚下的山，刻着不同的名字。我们已经很久，没有被大风吹过。

无法擅拿咖啡馆里的微笑，去缓解病房里的尴尬对视。我低头，以宗教之心，心怀悲悯、同情；或者仰望，我来到衰老的那一刻，耽于沉睡的人，也排着长队。我站在中间，两边，是两个世界的戏法。

假寐的人都醒了。

隐秘的病情，秋叶般，簇簇飘落。

这枚奇异的白色大脑，使同病相怜的两个陌生人感到有多残酷，就有多亲切。他们心甘情愿同住一个屋檐下——

这不老的避难所，这对抗死亡的最佳道具。

（选自《中国诗人》2018 年第 3 期）

滇南走笔

_唐德亮

太阳河森林公园

普洱一河,名曰太阳。一河太阳,闪烁金光;遍野绿韵,层层峦嶂;万顷碧玉,唱响阳光。

巨树凌霄,叶茂枝繁;古藤飞架,宛如绿练。白云痴情,雾岚悠然;百鸟争鸣,啼破朦胧晓梦;飞瀑流泉,洗净俗世凡尘。杜鹃嫣红,烧成烂漫霞彩;山风织锦,铺成锦绣画屏。红椿林立,人称"东方神木";桫椤如冠,众叹"侏纪化石"。凤凰树蓬勃热烈,凤尾竹秀气苗条。兰蕙吐馨,高品超凡脱俗;秋菊披金,玉骨冰肌诱人。锦鸡惬意抖翅,野牛踱步悠闲。蜂猴调皮,上蹿下跳觅水果;熊猫娇贵,憨态可掬爱煞人。天然氧吧,吸一口负离子神清气爽;鸟儿天堂,听一曲鸟歌醉而忘返。植物公园,绿色世界人叹绝;珍稀王国,缤纷物种人称奇。攀缘奇境疑心仙山迷路,采撷红霞几欲乘风凌云。

美哉,太阳河!大地之翡翠,生命之天堂。内蕴丰富,森林浩瀚;生态胜境,风华展伸。流光溢彩多绮丽,胸藏万类有异珍。绿涛绿浪绿呼吸,绿心绿肺绿梦幻。清风绿韵写不尽,诗情画意境幽深。

墨江哈尼牛皮鼓

哀牢山脉,天生画幅。哈尼山寨,风情迷人。牛皮鼓响,悠远雄壮。伴以舞蹈,裙裾飘漾。舞动青山,唱响溪流;如火苗跳动,似天籁鸣响。"咚咚咚,咚咚……"母鼓浑厚,如沉雷滚过山岗;公鼓明亮,似大海掀起波浪。

一鼓颂"猪月",鼓响闹新年;二鼓颂"冬月",犁田砍荞地;三鼓颂"牛月",杀鸡慰辛牛;四鼓颂"虎月",布谷催春忙……敲出十二个月的喜庆,擂响十二个月的热望;敲得热血沸腾,擂得情怀酣畅。诉说对生活的追求,寄托对未来的向往。

牛皮鼓响,溅起浓烈的生命气息;哈尼舞美,变幻多彩的时光。

(选自《香港文艺报》2018 年 8 月)

汶川地震十年祭

_喻子涵

过来人说:"有些经历放在心里就好。"十年了,仍然没有忘记那些坚硬砖石下的肉体,废墟里的灵魂。

而恰在柔弱的人心砸碎的同时,反弹人性的坚韧与互爱。

十年了,那些救援者的脸庞,泪流中的嘶喊,疯狂的身影,仍然压在心灵的底片上。

曾经的小红旗还插在书柜里,夹着那一页永恒的挺住。

十年了,那些亡人的安详,祝福着祖国,暗暗使劲。

蔓延的一带一路也好,火急的贸易战也好,不吃力不心虚,感觉有神助。

十年了,人们在痛处长出新肉和力量,像条条高铁,快得如勒不住马的缰绳,缝补地球的千疮百孔。

十年了,过来人说——

不知道下一秒会发生什么,好好珍惜现在。

当然,包括我们现在的人,

好好守护最后一点尊严和价值。

(选自《散文诗精选微刊》2018 年第 122 期)

如果一朵花多开了一次

_方文竹

如果一朵花多开了一次——

那一定是移植到了我的心田,里面的土壤已经苏醒,我赶忙制造阳光、空气和水,培育又培育,多么需要这样的一朵呵……心灵的花可以开出千遍万遍,爱美的人却拥有两个春天。

如果一朵花多开了一次——

那一定是闯入了蝴蝶的集市,像一件最昂贵的礼物,被宠被爱被抢被抬,一朵花暗结胎芽,护花天使们溶化着自己的一生培育着,让花魂继续散发出不可理喻的芳香,花开不败。

如果一朵花多开了一次——

那一定会扰乱自然的结构、心灵的秩序、毫无戒备的生活,嫁接了美的幻想和法则,而美与美已订了条约,上帝被堵在中途,生活的色彩撒满了一地。

如果我笔下的汉字湿润了,而且你闻到了她的气息,那么,一定会是——一朵花多开了一次。

(选自《沫水》2018年第2期)

生命的另一种状态（外一章）

_封期任

一种鲜活的植物，亿万斯年后，转化成黝黑的岩石，被送进火口，焚身成灰。
成一米阳光，辉耀青春的朝气，温暖着生冷的花朵。
与自然的孩子，一起聆听地球的呼吸，皱褶静雅的时光。
一起看火焰燃烧的盛大与炙热。

那张黝黑的嘴，露出洁白的牙齿，咬碎坚如磐石的日子，激越成诗。
咏诵着自由和幸福，把亿万斯年的热情举过头顶，膜拜着风。
燃烧的岩石背后，拾掇一径草色，活成辰宿列张的另一种状态。
如你，喧嚣，或沉寂，都暖意融融。

光源

光阴的故事，在某个早晨，打一个逗点。
我的歌声，从火口出发，散发着光和热，驱散生冷和酸涩。
我一边唱歌，一边收集风声，一边在燃烧中找回自己。
漠视那些背离誓言的人群，把当初的念想，植入虚幻。
我唱着唱着，开始燃烧……风告诉我：你将点燃日夜不眠的巷口。

故事的主角，东奔西跑。
渴望在亿万斯年的燃烧背后，涅槃重生。感动岁月。我索性拿出一块白色的帆布，画一朵向日葵，不顾一切地燃烧。不给断裂的故事画上句号。不把问号煅烧成清冷的风月。

我要在极尽的黑里，寻找生命的光源，朗照梦境。

（选自《阳光》杂志2018年第11期）

耄耋老人（外一章）

_王元

斜躺在病床上的老人瘦骨嶙峋，旁边的阿姨耐心地给他一口一口喂饭，岁月在他身上即将耗尽，犹如一盏快燃尽的油灯，生命的弦琴随时有可能断裂。

也许他曾经辉煌腾达，叱咤风云，人生的道路上铺满鲜花；也许他的人生经历坎坷，尝尽人间辛酸，历尽沧桑；也许他一生平凡，没有大起大落，日子总算过得去。

如今的他显得十分安详，尽管他的未来已经不多，生活已经波澜不惊，可以坦然面对一切。他依然能够顽强地活着，实在需要一种勇气。

遇见

你我曾经分属两个世界，你有你的航标，我有我的航向，原本没有任何交集，犹如两条平行线。

偶然的一次美丽相遇，把两条平行线变成同心圆，微信成为你我的传情信物，嘀嗒声成为动人的心声。

遇见是缘分，千百人之中的选择，偶然实是必然。转角遇到爱，相逢见真情，没有任何理由，简单纯粹。从此，心相连，意相随，情相牵，天涯海角共一色。

(选自《湛江科技报》2018年10月26日《南国散文诗》第13期)

归园田居

_马东旭

十亿滴雨突然降落于申家沟。

但很宁静。

姐姐，我在平原活成一株青草，那开出的白花即是礼赞。我感到自己变得缓慢，拥有一颗菩提之心。让我垂怜那些富有心计的人和没有心计的人。垂怜那些被世俗奴役的人和出世的人。

其实不必垂怜。

万物有它自己的轨迹和因果。

风吹草动，我以草叶描绘世界。我愿归园田居，做只白蝴蝶。

(选自《郑州日报》2018年6月6日)

湖光岩

_林延军

一

穿越古今,饮誉中外。

从十几万年前那一声火山爆发巨响中惊醒,带着浓烈的激情,奔腾而火热的熔岩喷涌,在大地的怀抱中裂变。

姓氏名字从湖光说起,从一个死火山湖口说起,从宋朝摩崖石刻"湖光岩"说起。

乳名叫玛珥湖,另一个孪生姊妹在德国。一个洋名——"世界地质公园",漫过春天的额头,丈量世界的高度。

四周的悬崖遗址,沉淀着你苍老的背影和沧桑的气息,就像一块被翡翠玉浸染的"中国红",长成南国红土地上的一块胎记。一长就是十几万年,长成我的童年,长成乡愁的印记。

大自然鬼斧神工般的杰作,是岁月如胶似漆的黎歌,从远古的雷州方言中演奏成缠绵的情话。扎根在南疆这片贫瘠的红土地上,演变成一部天然火山湖的"天书"。

二

残垣断壁的诱惑,抵挡不住爬山虎的热情拥吻。斑驳的树影,无法挽留时光划过的写意。

龙飞凤舞的千年墙,镌刻着文人墨客一笔一画的方块汉字,化作岁月的红葱头,一层一层剥开,让人泪流满面。

宋朝丞相李纲挥毫泼墨的"湖光岩"三字，被雕刻于摩崖石壁上，满目疮痍的石壁任凭风吹雨打，那是时间里的傲骨。有谁知道李纲埋藏千年的忧愁，有谁能解读跨越时空隧道的梦魇？又有谁知晓镜湖的前世今生？

董必武一首脍炙人口的诗，封存着镜湖以西的董公亭，日夜记录那镜月的灵动与跳跃。

弯弯曲曲的九曲桥，如人生的脚印坎坷迂回，像一条溪水流淌着记忆的童谣。

古香古色的诗廊，如一部部无字天书，穿过掩蔽在丛林中的声音，也穿越了南国燕子的呢喃，平仄押韵终究是你梦里城堡的呼唤。

隋代末年，依岩而建的楞严寺，诉说着千年古刹的灵气。宋朝时期，隔湖相望的白衣庵，氤氲着千年的香火，能否祈祷上苍普度众生？柳树下，湖畔边，一顶草帽一个姿势，那一枚厚重的垂钓，姜太公"愿者上钩"石像，钓起一个千古佳话。

三

青山碧湖，钟灵毓秀。

一个湖到一个湖，从东半球到西半球，思绪也跟随着你道道涟漪在心湖里再次荡漾，记忆的流年拥抱沧桑的躯体，似乎再也寻不回岁月的遗珠。

二十世纪末，龙鱼神龟的出没，六十多名将军偶遇奇观，向世人昭示温暖的家园——风景这边独好。神龟救人的传说，如一首生命的乐章躁动穿过胸膛。

藏不住晨曦的望海楼，日复一日，年复一年，像一位慈祥的老人张望着一张张熟悉又陌生的脸孔。"白牛仙女"如一块洁白无瑕的汉白玉，雕刻着那神秘而古老的传说。

岩狮洞、观波亭、火山壁奇观，宛如凤凰的涅槃重生，像蜘蛛一样编织着湖水流淌的心事。

雷州古院、李纲醉月雕像、火山博物馆，宛如大自然的衣裳，在乡情的故土上，天地合一，泼洒一幅一幅浓烈的油画。

以后，我在寻找文字的故乡，发现一块心形的地图，有一缕穿越万年的古韵……

(选自《参花》2018年第9期)

木匠书·动作（节选）

_唐力

劈：人物

一

劈柴的人站在庭院中。

他把一块木头直放在地上。然后轻轻一点，斧头就站在木头上了，斧柄向上。

劈柴的人放开斧柄，向手心吐了口唾沫，搓了搓，然后双手握起斧柄，提起了斧头，高高扬起。

这时斧头比人要高，仿佛要飞去，或者就要带领那个人飞去，它有这种冲动。

而他，几乎握不住这把想要飞翔的斧头。

劈柴的人没有让斧头飞去，他让飞翔的意志划成一道弧线，斧光，划开了空气、空气、空气。一直划下去，落在木头上，木头不能阻止，斧头继续划下去，木头的身体，分成两半，倒在地上。

这时候，劈柴的人的喉咙响亮地喊了声：嗨。

而划开的空气，久久没有合拢。

二

作为木匠，劈柴的人更喜欢劈柴这个工作。因为此时他的心灵是自由的。

他左右挥舞，大开大合，他的足在树根上踩着节拍。

他不是在建造,他是在消解。
他不再胆小慎微,战战兢兢。他不在禁锢中行动,他没有限制。
他的斧头是完全自由的,他的心灵也是。
他的创作放开了心灵。他因而获取了最大的快乐。

(选自《散文诗》2018 年 2 月)

春天的诗笺

_林进挺

草木都醒了

春天的草木都醒了,铺天盖地的绿多么坦荡。
容光焕发,大地的姿态撩人。苍茫,辽阔,心驰向往。
春天的气息沾满青涩的味道,道路上成群结队,远方在望。
呼风唤雨。
春天的草木楚楚动人。

时光

这样的时光适合独处,适合呼吸田野上的空气。
大海就在几十公里之外,无关波涛汹涌的遐想。
这样的寂静储满泥土的气息,一路迟缓脚步。
月亮之下的身影蹒跚。

哦,春晖寸草,淘洗多少村庄的故事。

(选自《汕尾日报》2018 年 3 月 25 日)

午后,风像一位不速之客

_潘志远

午后,死一般的静寂。

我端坐在阳光里。阳光如温泉,如牛乳泡着我;此刻,无所事事,我是世界上最幸福的人。

只有风来打搅,仿佛嫉妒,咬一口,舔一口甜蜜,便逃得了无踪迹。

又一阵风,像探子,打听我的消息。

从远处看,我端坐在琥珀里,我的造型,是片刻的轻松、懒散。

偏偏有事等着我,有晚课等着我,搅扰着我的每一根神经。

忙里偷闲,闲像一种艺术。

艺术需要干净。干净的文字,来自一个微信之帖。她是我熟知的一位友人——美空,美而空,一种禅境。

一直想修炼美而空的文字。此刻,美而空的天空,美而空的阳光;而风长驱直入,不明来头,像一位不速之客……

(选自《诗选刊》2018 年 3 月)

纸上的牡丹

_堆雪

    落笔之前,牡丹已经盛开。
    它们先在你的眼里开一遍,然后在你的心里再开一遍。
    牡丹姹紫嫣红,馥郁芬芳。最后开在你的纸上。

    你梦见过它,那种不可接近的雍容与华贵。
    在风里,在雪中,在月下,在水边。花影摇曳,似向你走近。
    你闻到的香气,是一个少女最初的欢笑与泪水。

    无数次想象过那座雨中的古都,牡丹盛开,游人如织。无数次想象过那些雕梁画栋的建筑,香火袅袅,钟鼓悠悠。
    那里,绝世的牡丹,成为一个王朝万众瞩目的公主。
    她笑,她哭。她歌,她吟。她作画,她抚琴。圆月里,她的背影,就是无数人临摹的好梦。

    最终,你要找到一朵花。一朵,与自己内心相似的图案。并假借它的名义,画出心中的世界。
    画出这个尘世的枝干和叶子,画出一朵花的容貌和气质。画出风,画出季节对于一朵花的最大意义。
    你认识了牡丹,认识了那个热爱春天的老人。认识了一个人的性情与幻想,一个国度的风度与香气。

    墨已经研好,水已在荡漾。在你的心里,纸还是空的。

时光嘀嗒,岁月静好。你在书房,等待一朵花的到来。等待花瓣叩门,花蕊入梦。等待一朵牡丹,攀上你高高的发髻。

这人间多好,在春天之神莅临之际,尘埃与花朵,都有芬芳的呼吸。

颜色,已沉淀为心情。久置,就会有先贤和古风的遗韵。

那些红,那些黄,那些白,那些蓝,那些粉,那些紫……那些命运里无法释怀的颜色,都会自然而然地,成为这个季节云镶浪嵌的图腾。

成为你,包容、开阔而自由的心。

这,似乎还不够亲,不够爱。这,似乎还不够春天。

在你的眼里,还有落雪的松枝,扶风的竹影,玲珑的水仙,柔曼的紫藤……还有喳喳的喜鹊,嘤嘤的蝶蜂。它们,与牡丹的灼灼其华,彼此映衬,遥相呼应。

生命互动的过程,正是灵魂相逢的意义。

追寻,以牡丹的名义。以水以墨,亦以心血。

一朵花因为纸笔,重新拥有了璀璨与芬芳。你却因为它,获得生命奔赴的旨意。

一朵花,开出了一个国度的春天,而你就在往返春天的路上。

(选自《伊犁河》2008 年第 1 期)

安化姑娘,我想对你说

_陈建族

你是一名安化姑娘。

那天,与你一道聊家常,你说商务部对我家乡扶贫力度强。大山里的农产品,面向市场很精准。

长叹贫困安化县,何日才有这分量。

安化姑娘,我想对你说。

你的家乡扶贫待遇也非常非常多。远海公司实力厚,派出强将把事做。俯下身子抵一线,精准扶贫面对面。

安化姑娘,我想对你说。

你的家乡出行方式即将选择形式多。挂职干部把线牵,中铁设计来调研。高铁项目入规划,安化黑茶美名扬。

安化姑娘,我想对你说。

你的家乡村容村貌变化故事有好多。

旅游大巴开进来,农家户户发了财。带着恋人回安化,心中担忧不再有。

(选自《湛江科技报》2018年11月30日《南国散文诗》18期)

草原

_王小忠

骑手已经远去了，我的歌喉已嘶哑，但依然歌唱草原的寂寞和辽广。
我要去寻找那个遥远年代里为我们带来幸福的骑手。
一只可爱的羚羊带着尘世的艰辛，
走过每一片土地，鲜花盛开；
走过每一片草原，温情处处；
走过祖国的青藏，走过青藏的甘南，留下三河一江日日夜夜在歌唱……

亲人们劳作于草地深处，他们携带苦难，逃避狼群的追逐。
那博大深邃的草原上，凉风习习，石头暗红。
高贵的灵魂一样破碎，坚定的誓言也会动摇。
我的草原，你的尽头是否是新生的家园？
流放穷苦和孤单，流放轻狂与渺小，梦中的歌唱能传多远？
荒凉空旷的人生，悲悯绝望的爱情，一切犹如飞舞的灰尘。
我于万丈光芒的尕海湖畔梦回。
我于水草丰茂的黑河牧场痛哭。
我于法器高鸣的桑多河寺焚化。
我于寂寞空旷的甘南草原再生。
——甘南草原，
当草色隐退，你倒下去是白银，站起来是黄金。

（选自《山东文学》2018 年 5 月）

一群白鹭，在今晚飞过

_华海

那是一群白鹭，从城市上空的烟云中穿过，像穿过欲望黑色的胃。

然而白鹭还是白鹭。

从领头的一只到末尾的一只，都为梦里的那片绿林子白着。

其中年纪最老的白鹭祖母，曾在路上留下一段家族的记忆遗传，若一叶折叠的纸船飘转到时光的背面。

在天空悲悯的眼神里，刚出生不久的小白鹭，羞怯地用翅膀开始飞的尝试……

白鹭穿行在今晚的风中，远处绿林子里的每一片树叶每一只昆虫，仿佛都感应到了隐隐的伤和疼痛。

然而白鹭就这样单薄地白着。

天黑下来，巨大命运的气息从深渊的缺口漫过来。那群白鹭像一道银白色的弧光，从黑夜柔软的腹部划过……

天空下仰望的人，倏忽想起了冬天，乌黑嘴唇边的霜和雪花。

（选自《散文诗人》2018年总第49期）

我站在天山之巅

_孙善文

1

我站在天山之巅，一股股湿润的暖意正从远方的大西洋飘来，它们跨过万水千山，已显惫态。

激情却依然一次又一次地印上天山的脸，赛里木湖的上空，无数的诗情像泪水一样挥挥洒洒。

大西洋最后的一滴眼泪，也是热泪，每一次的触景生情，都会潸然泪下。

2

我站在天山之巅，赛里木湖正构筑着处处生动的风景。

泪珠在山野发了芽，泛了青，惬意地扬着芬芳。

一个个特色景区在这里落地，原生态的画色，贴上每一位访客的心。

几千年前的冰川，与你远远对坐，它的语言已化为赛里木湖的湖水，每一句都很清脆。

沉淀的时光需要安静，这也是大自然的规律。

3

　　我站在天山之巅,期待山间泽地传出的每一声啾鸣都是快乐的传递。
　　远处传来最新消息,无数的天鹅正改变航向,千里迢迢前来报到。它们将在这里建设一个名为"净海"的村庄。
　　祥和的赛里木湖,因每一只天鹅和候鸟的到来更加鲜活。
　　候鸟正为赛里木湖代言,天鹅掠水的每一个情节,都足以动人心弦。

4

　　我站在天山之巅,无数的高白鲑、凹目白鲑正向我翘首仰望。
　　它们从俄罗斯迁居这里,已用时间洗涤风尘。
　　高白鲑、凹目白鲑是赛里木湖的原住民,这里就是它们的故乡。
　　所有故乡的水都是泪水,粒粒像珍珠一样清透。
　　一方清透的湖水,喂养着鱼儿们的品质生活。

5

　　我站在天山之巅,两边绵绵不绝的山脉,就是一双伸展有力的手,包容万物,异常温暖。
　　阳光正耕耘着雪地。赛里木湖边冰冷的雪景,是有温度的。潺潺流动的雪片,铺天盖地,萌发无尽的春意。
　　赛里木湖被端在眼前,传说湖里还饲养着一头鲸鱼,这是赛里木湖宠物,但只有高瞻远瞩的人才能有幸一睹它的风采。
　　天空很蓝,犹如一盆倒立的湖水。
　　路过的几朵祥云像岸上奔腾的骏马,高高地扬动着那缕飘逸的尾巴。

(选自《诗选刊》2018年5月)

归来了！梦想启航的驿站（外一章）

_唐雪群

多少个日日夜夜多少个夜夜日日，岁月已将沉甸甸的二十一年卷入了时光的长河……

如期而至！我回到了阔别已久曾经工作过的地方——中医药大学第一附属医院。

膨胀的激情使心又仿佛年少。

一上一落怎没有过往的痕迹，万物皆变了模样？

离别时背着行囊的背影并没有让厚重的光阴遮盖清晰。饯行的宴席上碰杯的欢笑声犹如在耳边萦绕，情到深处的泪水湿润了的心房仿佛还有余热……我知道是梦想牵起了飞翔的翅膀。圆梦之时我定当归来——久远的声音在空中回荡……

一张张熟悉的面孔闯入期待的眼帘，重逢的喜悦夹带着欢笑声、惊叫声向肃静的办公室蔓延！我感染到了你们为人们的健康而默默付出的艰辛，激荡在脸上的笑容，扫不去眼神中的疲惫。我多么想像一个军人那样庄严地举手向你们致以最崇高的敬礼——辛苦了！大爱无疆，是你们日复一日年复一年的无私奉献如天使般守护着人们生命的乐园。

如今我虽不再是天使，但渗透到骨子里的你们身上的那份精神潜移默化地变成了我追求梦想的力量源泉。一切都变了一切都没有变，是爱在静悄悄地培育着梦的启航！

盼儿归

盼儿归！盼儿归！盼得儿时归！多么像一首动听的歌曲在心中唱响！异国他乡求学的你将如期归来。

一百一十六个日夜流逝了岁月的匆匆，思念与牵挂为生活拉开了序幕……

久违亲切的面孔啊，像旭日的阳光令我心灵通透欢畅。感谢国外营养丰富的食物助长你的高大挺拔，我仰望着你欣慰地笑了……

或悲或喜的情感交融让心灵的脆弱扩散，天与地岂能用数字丈量。教育的长绳已无法束缚你丰满的羽翼。你的成熟让沉默将我把控，代沟像海洋般无限了……

轻轻感叹时光抑或成长的无情，抚慰岁月的冰凉感念童年的依恋。透过时光的眼帘怜悯起那守巢的孤独与企盼的落寞……

成长的养分脱离了世俗的羁绊，让时间、空间、自由放飞你独立的个性吧！世界上最广阔的是人的心灵，尤其是慈母无私的胸怀永远为儿留守着一块任性的望地……

（选自《散文诗人》2018 年总第 50 期）

松（外一章）

_李成

诗人告诉我，可以翻身进入一棵松树。

我醒来——在一棵松树下醒来，真的发现自己变成了一棵松树！我的枝叶在旁逸斜出，我的枝丫上长满了松针（清风在那里细吟），甚至挂上了松果

——只是我并没有注意;这时我发现,周边的松树都向我致意或靠拢(或许它们并没有动),我发觉自己更加是一棵松树,并在一道悬崖边高高地挺立,身上的松针爆发出更清新的翠绿!

灯

每一盏灯其实都是一盏阿拉丁神灯。

你擦一下,呼唤一声,都会打开一次希望之门。向你倾泻一片光明,甚至会从里面走出一个小小的人——小小的仙子,总会帮助你去实现愿望——

——只要在灯下守候得久,就一定会等到这一奇迹的来临……

(选自《伊犁晚报》2018年8月13日)

水彩画里的东涌

_牧风

一

水乡东涌是张贴在珠江三角洲腹地的一幅水彩画,它轻盈如水谣,凝练似粤语,灵秀如岭南百里画卷铺展的水乡古韵,如潮飞动。

坐落在水国的中央,身影婆娑,鱼儿一样穿梭在烟雨水乡,浮波畅游中翘首远望东涌灵动的模样,吮吸水乡古朴的气息,触摸古镇妈祖神秘的传说和海鬼的故事。

撑一叶扁舟,滑过东涌抒情诗般细腻的身体,我愿做这水上绿道深处的情人，昼夜为这云水相连的仙乡宝地放歌飞舞，吟诗作赋。

二

　　水色浸润的东涌，是跳跃在大稳村边的和家音符，是驿站码头艇家少女唱起的一曲咸水歌谣。

　　面对潮汐叠起，我正漫步一段布匹上的风景，远处夕阳沉醉，渔舟晚唱，水村廊坊相接，跨过时光渡船，让古老的东涌和现代的水乡凝练成一篇风生水起的绝美华章。

　　三百多年的东涌由茫茫浅海蜕变成绿色田园，似新娘出彩，光彩夺目，一幅幅水乡鲜活的水彩画赫然炫目，昭示东涌从沧海沙田到风情水乡，华丽转身，似海浪奔涌，夜语缠绵。

三

　　落入双眸的是东涌满满的收获。

　　那是一千五百米的旷世杰作。是果实堆积的丰乳横亘在眼前，让人瞬间震撼。

　　这是水乡东涌的神话。东部田园的神来之笔。

　　一部生命蓬勃的交响曲。

　　一幅披挂在天穹里的绝世奇景！

　　面对这生命长廊，我们只有仰望。那远处汩汩作响的是心灵的喃喃低诉。那被园丁喂养和培育成辽阔的是田园的花海和不朽的诗情。

（选自《散文诗人》2018年6月30日总第48期）

心路

_朱东锷

一

远山如黛，连绵起伏的群山如一幅剪影。

我驾驶着小汽车在疾驰。两旁黑魆魆的山丘、树木急速退去又不断涌现，间或，一两只昆虫"啪"地撞在挡风玻璃上留下一摊血污。

这是一条南北向的高速公路，两旁的路标和路上的标志线在奔驰的汽车雪亮的灯光下仿如一条流动的波光闪闪的河。

来去，去来。在清爽怡人的清晨，在酷热的午后，在绚丽的黄昏，在春风沉醉的夜晚，在山色斑斓的秋天，在滂沱大雨中，在瑟瑟寒风中……

二

这些年，我一次次地在这条路上奔驰。

这条路很长，向北延伸直达北京，往南直通珠海和澳门，我来来往往的只是其中的一段百公里长的路。这条路，一头连着家乡，一头连着我工作和生活的都市广州，这条路，蜿蜒在心中，这是一条筑在心间的心之路。

年过八旬的母亲固守家乡，每天照常回医院给病人看病。

昨天中午，母亲来电话："晚上是否回来吃饭？"

我正在山林中勘查一个涉枪现场……

傍晚，苍茫暮色中，我载着孩子驰向家乡。

今天是星期天，恰逢母亲节。

清晨，母亲还是捉上事前准备好的"走地鸡"，挑选新鲜水嫩的苦麦菜、蕨菜、芦笋、鲫鱼、山坑螺……

孩子边学边动手用绢纸给母亲做了几朵素雅的花，染上红、黄、蓝、紫的色彩，栩栩如生，艳丽迷人。

母亲忍不住也拿起了绢纸和剪刀。

太阳笑得更加灿烂，陪母亲……时间在欢声笑语中悄悄流逝，总是如此匆匆！

小时候，连接两地的这段路只是一条两车道的国道，两旁树木葱郁，一边小河弯弯，一边田野阡陌，地里种满了一排排甘蔗、一垄垄花生和番薯、纤长的豆角、水灵灵的黄瓜。

这是一条充满神秘通往精彩世界的路，沿着这条路，我走出家乡的怀抱走进五光十色的大都市。

这条路像根绳子一样在两头轻轻地系了一个松弛的绳结。

青春，激情燃烧火舞飞扬；青春，在护卫安宁在与魑魅魍魉的较量在血与火的洗礼中锻造。

心，在路途上奔跑，东西南北中，寻踪觅迹、跟踪追捕，我走遍了千山万水。

这条路的两头仿佛都只是个驿站。

伴随改革开放的浪潮，走过了沟沟坎坎，经历了人情冷暖人生百态酸甜苦辣和种种的惊奇，看淡了许多的名利纷争成败得失，鄙视的依然是迎合与圆滑，依然学不会的是迎合与圆滑。

三

道路也在浪潮中不断地修建、扩建，先是广从一级公路，再到京珠澳高速公路，路程更短了，回家乡就一个小时的车程。

什么时候这条路慢慢蜿蜒心间、亲情与思念把两端的绳结越系越紧？路途上，深深浅浅的记忆越刻越多。

归去来兮，或平坦或曲折、或上坡下坡、或转弯迂回，路上的色彩和风景随季节不断变换，不变的是绵绵的思恋。人生道路不正如此？在路途不也是我人生的组成部分？

相聚的欢欣温馨，离别的不舍惆怅，春秋如轮，我一遍遍在这路上书写着爱的心声和人生的轨迹，一遍遍地演绎着与家乡与父母亲友的聚散离合。

这条路不是走出来的，而是千千万万劳动人民用血汗修筑而成，它牵扯着多少遥望的眼睛牵挂的心。

岁月沧桑，这条路绵亘在岁月的河流中，每天，路上车水马龙川流不息，然而，还有多少修路人、护路人和行路人的梦里有它的片段？

他们的心中会有这条蜿蜒的心路吗？新的户籍改革带来的福祉能拂去他们心中的千般滋味吗？

汽车汇入了滚滚的车流，广州的夜色流光溢彩，这条路瞬间又成为蜿蜒的心路，我在这头，母亲在那头。距离阻隔不了遥望的眼睛，节日只不过是一个形式。

儿时，母亲牵着我的小手教我蹒跚学步，爱如涓涓细流绵绵悠长，现在，该我牵着母亲的手，把爱融入到生活的每一天。

（选自《散文诗人》2018 年总第 50 期）

稻草

_许泽夫

是苗，绿油油地怀着全村的人念想。

也是草，有一汪泥土就长个儿，有一口水喝就孕穗。

在脱谷机近乎疯狂的打击下，你被迫交出了自己的果实。

失去稻米的你，被弃之一隅。但你的价值并没终结。

骄阳将你烘焙成黄金般成色，码成垛，堆成村庄的山峰，整个冬季，那是牛的口粮。

铺在床上，抵御西北风的侵浸。

烧成灰了，是优良的肥料，抛撒在肥力欠缺的旱地，滋养麦苗油菜高粱……这些同门兄弟。

乡下人对你怀有感恩之情，每一个死去的人都睡在稻草上，乘一只草做的筏，赶往天堂。

（选自《中国纪检监察报》2018 年 2 月 23 日）

大海把一个小孩变成了老年

_沉沙

  我的人生一开始,就拥有一个大海。我把我的一生都给了大海,大海把她无限的一切也都给了我。
  现在看看吧,我没有把大海改变一点点,大海却把一个小孩变成了老年。

  我曾经想把大海变成桑田,我曾经想乘桴浮于海外,我曾经对我的爱说,纵使海枯石烂,我的心不变。

  呜呼哀哉!大海没有改变一点点,大海依然是大海,
  如今,她把一个小孩变成了老年。

(选自《中国海洋报》2018年7月12日)

久违的琴声

_ 洪芜

　　耳朵里藏有一幢房子。开始,大厅只有一把椅子,一个琴师。慢慢的,椅子多起来。声音也多起来。后来,椅子塞满大厅,声音也塞满大厅。椅子混乱,声音也混乱,吞噬了琴声。

　　一场耳疾,让耳朵失聪。却有了新的机遇,清扫,整理。把大厅里的椅子移走。声音随着椅子而消逝。留下最初的那一把椅子,留下最初的那一位琴师。仔细聆听,却是妈妈在轻声低语。

(选自《散文诗》2018年5月)

西辽河

_侯洁春

  一片亘古蓝天飘落在科尔沁草原,马头琴伴着历史的沧桑,把你拉得曲曲弯弯,奶酒的浓烈蘸着阳光的香甜,把你醉成金色的灿烂。

  沿着你的岸边,去探索文明的古老,顺着你前进的方向,追寻祖先逐水而居的神秘。人与自然和谐的功力,把滚滚的波涛抹成平静,平静的心态,又把你润得如此靓丽壮观。

  圣洁的浪花吹打着无私的慷慨,奔腾的激情让你丰满的乳汁去滋养万物生机,释放之后,你坦露出真诚的心底,赤裸的身躯鲜活着千古的厚积,宽阔的胸膛舒展着蔚蓝的神奇。

  霞光燃起渔歌,劳动的豪迈打湿金色的荡漾,阵阵桨声划出幸福的波浪,徐徐晚风吹开满舱的微笑,在你温馨的怀抱里,人们用丰硕的收获,品尝着生活的芬芳。

(选自《湛江科技报》2018年10月26日《南国散文诗》第13期)

一页不知寄向何处的小诗

_ 徐福开

能说清,情诗一定写给恋人;能明白,我笔下流淌的文字藏着多少相思;能知道,这首诗该寄向何处?当然,也包括我。

那日,阳光往常一样和煦,草木往常一样葱郁。

你含笑捧上一首小诗,从容吟哦。过往路人停歇下来,静默,聆听,抚摸着流云,拥抱着春阳。

依旧有惆怅,囚禁着你的诗意;依旧有牵绊,困扰了你的情廊。拥着的不再是春风,清愁。

柳下仰望,阳光似你眸子般明亮洁净。

你少女的笑容灿烂,却又弥漫着淡淡忧伤,泼墨了一段阴晴的时光,在心的纸张上,缓缓诉说,淡淡成诗。

当我和你一同写下这浸泪的文字,又唤醒你汩汩流淌的诗情,激荡起蜻蜓点缀的波纹,如歌的行板中,次第散开……

时光,在觥筹交错中流逝,每一个春日,每一个夏夜,都摆脱不了欲说还休的羁绊,只能在咫尺处游弋怅惘。

银杏,携一缕秋凉,纷纷扬扬,散落一地。一如散落了曾经辉煌的过往。我捡拾一片落叶,小心翼翼地揣在怀里,独自一人解读,并记下它的安静与隐忍,怀念和忧伤。

美好与苍凉的疼痛,在内心攀爬。

梅英疏展,呓语温润。你以四张试卷告别,流云处,不知去向,不知归期。纵千呼万唤,再无回音,只有我以一抔澄明与虔诚,坚守心坎深处的伊甸园。

风吹来,鸟掠过,人往人来。北中原的季节,总是花繁叶茂。

当下一个季节开始,我依然会回首寻望夜幕上的你,静默如玉。纵然你在天涯,瞩目那颗最亮的星,只因你,一身翠绿,如星光炽亮。

　　夜深寒重,谁能像你这般,将这个夜晚拉得更长。云朵滑落,逝者如斯,我将在一次次远离中成长。

　　知道,你是一朵终究留不住的行云,回眸,只是我的伤感。我试图用手中的笔,倾吐满怀幽思。可就算贴近心扉的书写,那该如何将此诗送出?该寄向何方?又将落在何处?

　　于是,我唯能深深埋葬一粒苦涩的种子,让它结一束过去,结一束回忆;我唯能静静封锁肆意张扬的思念,让灵魂更显圣洁……

(选自《中原散文诗》2018 年第 1 期)

藏南春韵

_鲁本胜

　　藏南翠绿的诗意,梯次伸展。
　　最美的摇曳,点燃干净的梦。
　　青稞吟着农谚。
　　她柳筋颜骨。
　　一寸寸的岁月,先后绿了。
　　有花开的声响,春天的吟唱,牛羊的欢歌,正浪潮般的,次第铺开……
　　万亩阳光,开出盛世气象。那是金子的光芒,暖暖的,照耀着我的家国。

(选自《山东文学》2018 年第 6 期)

《芳华》观感兼怀老时光（节选）

_刘俊科

一

　　从碧云天到黄叶地，季节的轮回，似乎就是一个圆，起点和终点叠在一起，让人分不清开始与结束。
　　秋风起，吹着云朵，慢慢飘。好像一枚邮票，贴在天空。那是上帝发来的一封信，在阳光的邮路上，里面写满了高山流水。
　　天地间到底有多少传说，为人类佐证着情何以堪。
　　红尘里到底有多少灵犀，为生命开启着玄妙之门。
　　看窗外，一抹斜阳柔弱而温馨，一行远飞的寒鸦，把叫声留在空中……

二

　　往事经年。或边走边忘，或刻骨铭心。
　　每一个人都有一汪心池，涟漪似年轮，一圈圈记下日子里的波澜。
　　一些人一些事，或落地为泥，或飘浮为烟。
　　风雨江山，千古万年，不过一夕渔樵话。
　　唯有你，与我眉尖耳鬓随日月来往。
　　继续前行吧，不必回眸，即使手搭凉棚，我也要望着你轻轻的背影。

（选自《山东文学》2018 年第 6 期）

石头的村庄

_ 莫独

越过声声汽笛,整座村庄还坐在石头之上。

九月的秋阳还有些热烈。这些大地的骨骼,这些堆垒的史料,手牵手的石头,对这个下午的一群走村闯巷的人依然不动声色。

打开石门,那些传说就在前头成群结队地走着,可望而不可即。一撇一捺,人从石头的层次里出入;火车像一枚黑色的针,从石头的腹地穿过。一穿就是百年。

是呀,百年了!风起风落,"坡心"都叫成了"碧色",我们还是没听懂石头整夜整夜的诉说。

(选自《散文诗》2018年第2期)

且听风吟

_王俊辉

北中原对峙姑苏城，我在风里，左右为难。

北中原清晨露重。瓜棚里，酣睡少年不知隔壁玉米地，有人正砸碎刚偷的西瓜，咚咚声响，撞不进少年如西瓜沙瓤般甜美的梦里。

离岸小船摇摆，往西寒山寺，往东姑苏城，太湖岸空山无人，缥缈峰下，几多豪杰历劫远逝，香雪海，空有梅树含苞未放。

北中原绿野含秀，深处隐居的草鞋，总会陷入通往父亲的小径，回忆蜿蜒泥泞不堪，有时小小泥潭里，也会在平静生活里，寻觅到属于自己的蓝天白云、高粱、麦子以及残花正在被碾碎成泥。

数只水鸟，游弋觅食，白云倒映出一个美丽的迷离。

等待，甚至连这等待都要抛开。

百年渡不过无奈，你说你清醒，行云如流水，且听风吟有谁能独醒？

跋千山涉万水，泰伯开高贤启千载，春秋朝朝暮暮，社稷日日月月……

北中原是我在姑苏城重温的旧梦。

姑苏城是北中原陇上江南的烟雨。我最喜行走于烟雨江南，如有一把油纸伞，雨巷里，即便逢不到丁香一样的姑娘，偶尔站定，且听风吟，痴看小桥流水人家。

（选自《滑台文学》2018 年合刊）

巴音布鲁克草原

_雁歌

  草原醒来的时候,一棵草叶的露珠在阳光下蠕动。
  接着,无数双潮湿的眼睛在这里拥挤。
  远处是林海,雪山,苍茫。
  牧场连着沼泽,沼泽连着湿地,湿地连着湖泊,湖泊连着开都河。
  毡房的门一声吱呀,一只天鹅的翅膀掠过,一朵白云揉了下眼。
  这时,在九曲十八弯的臂膀里,我看见一条河流放牧的童年,看见土尔扈特人东归艰辛的步履,以及挤满簇簇转经的水草。
  草原上。一只黑头羊在悠闲地啃食青草的诗意,一棵草就是一枚辞藻,接二连三的黑头羊来了,成千上万的黑头羊来了,珍珠一样撒满草原。它们低下头,一边打量叶尖的光泽,一边抒写草原的辽阔。
  牦牛似乎稳重一些,它要在坚硬的阳光里,读出旷野之风的粗粝,和一朵马兰花的心事。
  一匹焉耆马暂时停下飞腾的欲念,信步由缰。任草原姑娘肆意抚摸光滑的鬃毛,和绵长的柔情。
  这是宁静而空旷的时刻。水草丰茂,长河落日圆。
  万里东归的族群,拉开巴音布鲁克草原宏大史诗般的画面,斜挂在天山中部的雪峰之下。让每一滴千年寒冰去浸融,去破译,让每一只翩然起舞的天鹅之影去捕捉,去传递。
  我站在那里,如一缕旷野孤独的风,缠绕在半截草茎上。

(选自《玉溪》2018 年第 2 期)

消失的村落

_王明伦

拆迁！拆迁！

猩红色油漆喷出狰狞的"拆"字，像一枚枚射向村庄的穿甲弹。

坚硬的钢筋混凝土，在漫天烟尘中化为瓦砾。更遑论那些冷兵器年代的茅舍？河卵石垒砌的墙壁抗得住八级地震，却经不起挖掘机冰冷的利齿轻轻一触。

老槐树还在做无谓的抵抗，即使被拦腰砸断，黄土地样厚重的内心依然灿烂。

曾世代相守的乡邻天各一方，熟悉的鸡犬声不再相闻。

尘埃落定的黄昏，古老的村落满目荒凉。蛙歌黯哑，群蝉远遁，只剩下寂寞的流萤不肯离去，三三两两如鬼火游弋。

冬去春来，奠基石上的大红绸早已褪色，许诺中的新楼，仍像模特般在广告牌上搔首弄姿（曾是自信的眼光，已日渐迷离）。

抛下荒草掩埋的残垣，拆迁者又涌向下一个村庄。

车轮滚滚，与时俱进。

（选自《大沽河》2018年第3期）

山水间，草木在梵唱

_黎金文

1

英西峰林有一座古堡，像一只木鱼。

风雨在敲，草木在梵唱，数百年来，像不止的沙漏。发出每声水流，像热血荡漾的召唤。分娩每朵花蕾，像思念深深的纠缠。

墙上的青苔，陌上炊烟，仿佛想续写古堡的历史。那一砖一瓦一草一木，都是尘世带不走的乡愁。

2

春风里飘着你的梦，所到之处化为山峰。

你想寻找我一生的枯荣，守在喀斯特峰林里静默。你说：最爱禾雀花，挂满了空禅的诗；痛恨水面疾飞的翠鸟，吞下了仰望天空和大地的鱼。

或许被吞下的是我的心，在繁华城里文明如海深陷的旋涡！

你不愿相信，问春雨，洒下的是不是我的执着？

为什么不等我们的爱，绽放成千树万树，千树万树的桃花灼灼！你还问眼前向东倾斜的，一如千军万马般的山峰。

为什么在你的梦里，除了忧伤，已看不见我……

3

要么像山岿然不动；要么像水奔腾不息。

我的灵魂一直在打捞，那尘世外的荣辱得失。

是什么翻腾着我的人生？是什么沸腾了我的梦想？

我把一切都归咎于岁月如流。如此惊动流年还是不断失去，失去诗意的生活，也失去文明。

万物识破，翻阅昨天的街上乱飞的荒谬。

不知从何时起，我已不再留念花红柳绿的春季。正如含苞待放的凤凰树，巴不得下一刻，就是深秋！

4

我喜欢故乡的禾花雀，当稻穗如阳光般金黄，它们成群结队，或静立电线杆，或跃翔晴空中，或藏于田埂间。

我喜欢看故乡的云，在游子心中翻来覆去，似雾非雾，似烟非烟。

我喜欢归隐，或隐于山，或隐于市；与日月同行，心有无欲的山水，眼中尽是无色界。

我喜欢迷失在百花丛，听蜜蜂的歌，看蛱蝶的舞，还有她灿然盛开的爱和悲悯——被春风一点一点拉近，又扯远。

5

走进英西峰林，就像走进世外桃源。

野云迸散是思绪万千，湖光似镜是心如止水；壁立千仞是在亮剑，黛树似染是在沉迷！

阵阵的春风想了断，红尘如烟。我的执念如落英缤纷随风飘远。

走进英西峰林，就像走进世外桃源。

烟笼青翠是舞文弄墨，碧草如梳是抚琴焚香；山风浩荡是在呐喊，水流潺潺是在诉说。

谁故意抖落片片残红随波荡漾。谁不着痕迹瞬间偷走我的心肝。

我只是在迤逦春色里，迷失了。迷失在波中月影，或镜里花光。仰望一瀑飞泉跳珠溅玉，仰望群山之巅兀立着美。直到了悟云水间，传来天籁似的木鱼声，亦真亦幻！

6

从春到秋，走到山重水复。又从秋到春，走到柳暗花明。

遇山，续存风骨；遇水，洒下热血。

请连同我的灵魂，一起埋在英西峰林！行到水穷处，已耗尽了一生的时光。山空湖空，万籁俱静。

但，风依旧，日落依旧，陌上的炊烟和岁月如初……

其实我只是一滴孤独的水，不停敲打着尘世间文明的巨石，永无止境！

7

撑出缕缕春风，化成一弯春水，把木秀千山的峰林胜景，尽情地揣在怀里。

抽空臆想，该在春天种下什么？

离死神远点，九幽之下一片虚空，了无痕迹。埋进土里，是否就摆脱了繁华世？远方，阡陌纵横！

每条路都与活着有关，每滴水都是万物所系。

从一棵草开始吧，我必须还天地永恒的绿。

（选自《写给大地的情诗》，广东省第二届环保诗歌获奖作品集）

没有炊烟的村子

_曹立光

起先三五户，直至成为村子。

没有炊烟的村子也是村子，没有鸡鸣狗叫的村子也是村子，没有叫骂吆喝的村子也是村子。

都是熟人，恩怨从落地生根那天起，一笔勾销。

双膝跪地，在一座坟茔面前俯下身子。

走远的亲人被一炷香唤回。长久的凝视，火苗的抚摸。骤停的雪化作腾空的纸钱。

你说活着不易，他们陪着你叹息；

你说人生一世草木一秋不过尔尔，他们勾头沉默；

你说你必须该走了，还要坐三个小时的车回城。他们没有挽留，只是把祝福的话拱出地面。

（选自《中国诗人》2018年第3期）

欧阳断碑

_崔长灿

在沧海桑田的变迁里,你找到了属于自己的栖息地,抱残守缺。然而,也正是你那重度残缺的肢体,解释了一段历史的谜。

你拎着千年的记忆被大地收藏,跨越宋元,历经明清,距离我们的今天已有十一个多世纪。

一台机器的巨手,将那块沉睡的土地划伤,于是,一段不朽的文字,在教学楼的地基下面意外亮相,让一个曾经辉煌的过往重见日月天光。

你用重度的伤残,将剩余的那点儿幽远的文字挽留,于是,生命的片段,历史的断章,就由你来解读。

你应该还清楚地记得,归雁停下,一个子独的身影临风而立,望着南归的大雁而写下"长河终岁足悲风,亭古台荒半依空"的诗句;

你应该还清楚地记得,画舫斋舟里,昏黄的灯光里摇曳着一个伤感的背影。他作文于壁,将自己居安思危的志向彰显于世;

你应该还清楚地记得,在那个长林萧萧的黄昏,一位伟大的词人,迈着沉重的脚步在秋风里行吟,于是,那万叶飘零的秋声便化作了一纸素笺的墨痕。

从那时起,一种文化的跫音,便在这个三千年古城的东南一隅响彻千年——

是那个声音,屹立成一种不倒的文字,在守望中彰显着强劲的生命活力,擎起生命的一面伟大旗帜;

是那个声音,吸引了无数的学子们来到这里,享用精神的盛宴,汲取人文的营养,滋润干涸的心田;

是那个声音,站立成春天的姿势,以感召生命的力量让老树发出新枝,葳蕤成生命的一个花季又一个花季。

(选自《中原散文诗》2018年第1期)

一个让灵魂归来的地方

_任俊国

大海，在天鹅山那边。

翻过垭口，面对天苍苍、海茫茫的南国海岛草场，面对一株萱草的独自开放，一场狂野起于内心。我终于放纵了自己。

就这样，灵魂弃我们而去。

但春天还在我们身边。新茅草在长，未曾真正枯黄过的老茅草也在长。在这里，呼吸一口南太平洋的季风，只要愿意，你也可以生长。至少，你的情怀更加葳蕤而葱茏。

此时，隐于草间的蜘蛛，捕捉到一网晶莹的露珠。在嵛山岛上，蜘蛛也知道，还有比温饱更高层次的追求。

那边的山峰正好低下去，在山口打开一扇窗。大海就在窗口下，所有的海岛都面向大海，一往情深。

于碧海蓝天之间，神龟礁正在归来，向着太姥山的方向。

在它慢得看不见的速度里，我看见灵魂正缓缓归来。

（选自《中国海洋报》2018 年 8 月 23 日）

延安印象

_ 江涌

  一颗有如七八十年前年轻火热的心，飞抵延安。

  延安上空，天高云淡。看，三山鼎峙二水带围；听，唐宋铁钟的钟声穿越时空，韩琦范仲淹金戈铁马戍边的嘶鸣……

  延安大地，到处是红色记忆。看，宝塔山辉耀历史，延河水源远流长；听，鲁艺、抗大的读书声，南泥湾的生产热潮，从枣园、王家坪、杨家岭向陕甘宁、晋鲁冀疾驰的马蹄声，从延安新华广播电台向全国、全世界发出的电波。

  延安街头，车如流水人如织。看，延安人从窑洞中走出来，走进林立的高楼，走进了新时代；听，安塞腰鼓越敲越烈，信天游越唱越欢。

（选自《散文诗人》2018年总第50期）

深远的老院子

_毅剑

是的，早已没有一点原本的样子了。

远远望去，那深蓝中泛着土黄色的瓦垄，那屋脊上用蓝色的砖块雕刻成的一排形态均异的鸽子，屋脊中间用薄的铁板剪出的总是锈迹斑斑的风旗，以及两端高耸着的土窑烧制出的狰狞兽头……

青砖剥蚀的墙根，风雨侵袭得深凹又有着长长裂缝的土坯院墙，还有院墙下总爱盯着一队蚂蚁搬家的那位孤独的男孩子。

夏日无定向的微风吹过，这个时候，院南墙根老槐树圆形的绿叶，总是紧随着习惯性的不安的抖动。树杈上正在孵化子女的一只斑鸠静如处子，它知道，时不待我，一年一度的生育责任总需要分秒必争。

霸气十足的红公鸡在院子中间走来走去，这是只属于它自己的领地抑或王国，一群下蛋的母鸡全是它的妻妾，它有责任和义务时刻防范隔壁的同性"芦花"不时的来犯和挑衅。

破旧的木门板上，门锁一直就是坏的，门搭吊更是原本就只是可有可无的饰物。只有白天躲在大门后面的那根硬实木棍还有用场，一直按部就班地在夜里顶门上岗。

干干湿湿的柴草涌进砖泥混砌的炉膛，火苗忽高忽低，炊烟时浓时淡。木制的风箱总是吃力地吹呀吹，一天又一天，一年又一年，依然吹不尽小院骨子深处的贫寒。

那时候，年已七旬的老祖母还健在。

她掂动一生的小脚像两只一直旋转的陀螺，总不停闲。她习惯了和她的鸡说话，与她的猪谈心，她的鸡和猪不闹腾了，她又会自言自语。

如今，这一切的一切，都早已不见了。

是的,都——不见了!只有风和那一小片没被水泥覆盖的黄土,似曾相识。

(选自《滨海时报》2018 年 9 月 17 日)

粤北的山

_温阜敏

噫吁嚱,石坑崆为广东标身高;巍巍乎,九峰山为南岭添波澜;

秀丽兮,自古丹霞冠岭南;哎呀勒,车八岭虎啸犹在耳……粤北大山,我的父亲!那年,从广州开来的绿皮车上拎着行李下来,我就一头扎入韶州的莽莽大山,皇岗山到大塘山,开始了长达一辈子的教书生涯,青春年华早已彻底融入茫茫群山。

履梅岭,我寻觅当年的琴心剑胆,爬金鸡岭,我俯瞰危崖下的和谐号高速穿梭;攀阿婆髻,我品尝新丰江源的水甜;登天井山,我欣赏云锦杜鹃的芳香。哦,粤北的大山多数没名字,它们有时叫荫冈,有时叫山梁。她在山上护佑的一支瑶族,叫过山瑶,山兰酒飘过千年。她博大的胸襟怀抱着大大小小的围屋,客家人因此常被认为是山地汉支族,山乡也是客家的乡愁。而莽莽苍苍的森林,守护着天下苍生的生存底线,那些立体的绿色的生命屏障,义薄云天。

这就是我的粤北大山,弹奏过舜帝韶乐,传唱过《盘王歌》,吟诵过《望月怀远》,缭绕着不熄的云门南华香火……

呵!粤北的山,默默坚持着岭南的高度,孕育着数百条溪流江河,庇护着珠三角与大湾区的和谐气候,图腾出盘古盘王。上天的群雕,粤北的群山,稳定了华南乾坤,笑吟着脚下的南海,放眼身边滔滔的太平洋。

(选自《南叶》2018 年 11 月)

豹山

_邱雨秋

山与林对话。
她们的思考,存在季节变幻的风中。
云,在跟一群羊学习走路,它安排窝、楼、炕、涧、堂、崖六兄弟,
轮流值班。
库水粼粼,迎接着客人,越来越近的
脚步,以及好奇。
为什么,你的葫芦里,总是有流不尽的甜和欢乐?
这,才是我想知道的秘密。

(选自《大沽河》2018 年第 3 期)

金堤河

_李红旗

历史的重负压得这条平原坡水河流弯弯曲曲。

悠悠千年,蜿蜒东流,无人能说尽它的欢笑和悲伤。

它承载着寂寞的痛、淡淡的笑,流过夏的酷热,流过秋的丰收,流过冬的寒冷,依旧回首不悔。

绵绵缓动的溪流,飘走了岁月,带走了印迹,无声中承载了世间的变幻。每一波浪都倾注了无尽往事的色彩,叙说着世人不解的故事。

失落的碎片,永沉河底,也许化作了一朵朵水溶花,也许化作了一株株飘摇的水草。

水有灵性的,它虽然弱小,给人以清爽,给人以甘甜。有水的衬托,浓绿就会肆意铺展,漫过堤岸,漫过沙丘,漫过凄凉的荒滩。贫瘠土地有了生命,荒漠有了活力,污浊得以净化,自然界得以延续。

水是神圣的,慧泽一方,造福黎民。

当你漫步河边,溪流、清波尽收眼底。微风吹拂,尘埃轻去,潇洒的清风会使你陶醉不已。抖落掉初晨露珠的花朵,笑迎着来往亲吻的蜜蜂,昆虫和植物间产生的爱情甜蜜无比。

蝴蝶则不然,身着亮丽的外衣,轻轻沾粉,舞来飞去,对羞涩的花朵毫无恋意,不去追忆留下的痕迹。

朵朵白云散游天空,鸟瞰大地,窥视人间。觇视着四季的轮回,刻录着一段段世间逸闻,记载着曾经的辉煌,更记载着金堤河的过去。

偶尔飘来一朵紫红色的彩云,兴许蕴藏着冬季流血的故事,但它只是轻飘飘、淡然远去。它不想诠释过程,"云朵妈妈"已教会它放弃,毕竟远山是它的归宿。

古老而又新颖的金堤河，不问时光，不管世俗，用爱收藏着沉底的碎片，用无私去追寻尘世的永恒。

(选自《中原散文诗》2018年第2期)

隐于林

_徐庶

林子长大了，并非什么鸟都长。

只有少数鸟，大隐于林，并真正成为树肚里的蛔虫，代替树木发声。

当鸟一天天长成树叶的模样，会替树木去飞翔、去巡山。

一只鸟真正进入一棵树，要耗费多少鸣叫。而一个人真正进入另一个人，又要透支多少信用？

林子醒来，会指使鸟说话。

不信，只要看看那些被叫弯的山水，你就明白了。

一直以来，当人试图走进去，与树木亲吻、拥抱，还装成鸟的样子走路、鸣叫。

那时，整个林子却瞬间收藏了翅膀。

(选自《诗潮》2018年第9期)

一鸟飞去

_刘赞科

一鸟飞去,拖着长长的哀鸣。
然后整片林子都潜伏下来,空洞如老人。
风捂紧嘴,不敢声张。耳朵却尖锐起来。
随便一只虫子的走动,都震耳欲聋。我不敢喘息,怕吓着自己。
阳光哗啦啦落下来,似万马奔腾,抽打静寂。
一鸟飞去,那只空鸟巢在等什么,在守什么?
飞行是单行线,无法掉头。
而余光倾斜,贴在天空的肋骨上,闪闪亮。
能飞多远就飞多远,能飞多高就飞多高吧。此时,天空辽阔,风低低盘旋着。
是谁纵身跃上空鸟巢?
遥望天空,寻找翅膀擦过后的遗迹。

(选自《大沽河》2018 年第 3 期)

朔望咏叹调：流年

_剑钧

1、流年似水

　　流年似水，流着流着，人就老了，由曾经的水手，变为了乘客，有了空闲，掏出过往的流水账，掰手指头算算，这么多年，都做了什么？
　　流年婆娑，有多少往事擦肩而过，逝水滔滔，匆匆而去，有悲有喜，有苦有乐，有失有得，好在一路追赶春潮，虽未中流击水，也饱览人间春色。

2、流年潺潺

　　流年潺潺，留下了青春的旋涡，少了些缠绵，多了些牵挂；少了些客套，多了些真诚；少了些许愿，多了些相守，感谢有人能懂，这才可谓幸福。
　　流年若云，飘过了一道道岭，一道道沟，世上最远的距离，不是隔海相望，而是形同路人，人生，心在情在，心离情远，永远不要抱怨，遇到了不懂你的人。

3、流年匆匆

　　流年匆匆，过了一年又一年，人生的长度，也不过春夏秋冬，像大树的年轮，绕了一圈又一圈，说什么人情冷暖，怨什么世态炎凉，真心付出就像播种，总有收成的时候。

流年无悔，那都是生命的轨迹，错也罢，对也罢，爱也罢，恨也罢，谁也无法把生命的时针，拨回当初，走好接下来的路，比什么都重要。

(选自《湛江科技报》2018年10月26日《南国散文诗》第13期)

与花为邻

_ 文榕（香港）

我喜欢在花园静坐，太阳和月亮的炽热与清辉交替滋养我。白天，我伴随清凉的瓜果一同生长，我们互相品尝彼此的甜蜜，每一束花都是一束光，带给我圣餐般的喜悦，我逐渐丰腴；夜晚，另一种神妙的况味，围绕着我的星星和蝴蝶蜜蜂一同起舞歌唱，我感受宇宙的春情和爱的洋溢，像花朵一样长出了翅膀……

介于黑夜和白昼之间的黄昏，我变得通透和翠绿。我深入我的内心，开始融入花叶的思想，倾听她们唇间的密语，我划分朝霞和晚霞的区别，再贯通其间的相似，以日落和月出作为我盛宴开始的祭祀。

如此，我在日出日落之间不再心慌，我品尝瓜果佳肴，冥想沐浴更衣，披肩是我唯一的挂饰。很多时候，我省略语言和交流，鲜花让我心绪熨帖。有时我足不出户，与花为邻，我们常常互相凝视，深情款款，直至石烂海枯，再也分不清彼此。

(选自《江西散文诗》2018年第1期总第7期)

桃树上空的月亮（外一章）

_丘海念

多年前，李先生吃了一个鹰嘴桃，随手把种子"种"在了阳台的花圃。

不曾想，她长势喜人。

透过春暖花开的阳光，她的花悄然绽放，一朵朵；桃叶初长，一片片。统统摇曳在春风里。

每每为她浇水的时候，我都觉得她和诗经里的桃树是孪生姊妹。

只不过，她把自己交给了远方，穿越千年，出嫁到我们的阳台。

她生长的地方，一定也生长着遥远的西洲曲和现代的爱情。

有时候，我会看见一只鸟，驻足在这棵桃树上，歌唱。

只是，夜幕降临时，白昼的鸟声已远去。桃树与月亮无言相视，大概她要把自己的乡愁和思念悬挂在天幕上，任凭月圆月缺。

也许只有中秋的月亮，才能把诗经里的平平仄仄，镶嵌在桃树的树梢。

总是放不下诗经里的风景，那是一种热烈的美，怎能叫桃树放下呢？又怎能让我不去向往？不去放逐心灵呢？

让我随鸟儿远去的歌声，隐没在桃花花海里，让我流逝在月亮的朦胧中，化作一杯永恒的桃花酒。

但这一杯难酿的桃花酒呵，让这对孪生姐妹深深眷恋上空的月亮。那片月色，如一幅美丽的水墨画，画着灼灼其华。

灼灼其华，一树情话，只有桃树上空的月亮明白。

一个月亮，挂在天上，时圆时缺。

一个月亮，挂在桃树的心里，总在身边。

一棵茶树的歌

是一粒种子、还是一只鸟、或者是茶马古道的呼唤，我才来到安化？

来到安化，我和竹子成了邻居，它们婆娑的身影，摇曳在黑茶的汤色里，把千年不息的制茶号子，摇曳进我的梦里。

曾记得，我刚到这片土地时，把孤独一起扎进泥土。无边无际的孤独，只有月亮给我抚慰。白天，我嬉戏在资水河；夜晚，听着古老的梅山文明，于是，我长出了许许多多的新叶，我的叶子就像我的羽毛，带我飞到月亮上，给嫦娥送去安化黑茶做中秋礼物。

每一个早晨，鸟儿都信守诺言来陪伴我，它还带给我羽坛的好消息。

来到安化，我的一生注定在寻找和水的姻缘，再把我的信仰，叠加水的温度，透过开满茶花的安化，像嫦娥身边的桂花树那样，成为神话，流传在人们的茶席上，清香袅袅。

袅袅清香，如烟，熏老了茶农的容颜，熏出了大山茶园的诗情画意。而我，沿着时间的梯子，肆意向天空攀爬。当我爬累了，坐在梯子上歇息，身边的云朵和我一起歌唱，歌声传遍日新月异的安化。

（选自《湛江科技报》2018年11月30日《南国散文诗》第18期）

爱一个人要缓慢，像衰老……

_向天笑

  我在等待一场雪的悄然到来，整整一年，你一直无声无息，现在，你缓慢地下着，不急不躁。
  你仿佛用尽全身的力气洗净自己，那么疲惫，无力前行般前行着，每朵雪花都是你伸出的舌苔，那么温柔。
  你说爱一个人要缓慢，像衰老……
  你准备用一场雪，来覆盖我，覆盖我们的前世与今生。
  我就身陷这场虚构的雪里，不愿自拔，我似乎看到春水在雪底下四溢，春光缓慢地照亮黑暗，即将灿烂起来。
  一场雪就这样柔软地坍塌在我的怀里，一遍遍地抚摸着缓慢融化的喜悦，任日渐衰老的爱像皱纹一样缓慢爬上脸庞。

（选自《中国诗人》2018 年第 2 期）

辑三　起伏的音阶

幻想之物（外一章）

_卜寸丹

幻想之物：诡异的星象、果实、鸟群、虚无之词
春风骀荡，一无所有的孩子在大地上奔跑
给他们冠冕，生出翅膀的战马
给他们酒器，用稻穗、星辰为他们指路
而那些诗之密语
必是虚构的花蕾、磨损的时光、熄灭的灯烛
如夜行人，踏着朝露返回

我所爱的黑

我所爱的黑在故乡以南
那些稠密的茶树永存于记忆与梦境
它们不断地复活与萌生
在雨雾中平静呼吸
神秘的七星灶命里的金花
我所爱的黑终归流离光焰之上

烘焙 压制 发酵
用体内的纯洁与光明
轻轻获得并说出自己的神谕之名

我所爱的黑无从选择
像黑夜来临 影子将遮蔽道路与物件
像万物都有缝隙与美丽的暗纹
像轻烟通过上升获取重量
像我们摒弃声名的生活
像那些静默时光里的悲欢
在故乡以南 我所爱的黑
是深邃而敏感的爱与伤痛
是我黑黝黝的兄弟
他的温柔与坚硬 都如野兽的啸叫

（选自《诗刊》2018 年第 8 期）

故乡张坂

_庄伟杰

故乡张坂，有山有海，绵延的山，逶迤的海岸线，构成一部山海情深的画册。

封面，有延宕在水之湄的蓝，呼应日辉月色的光芒。扉页，打开了一角空间，除了山林、溪流、田野之外，一幢幢用坚韧的石头筑起的楼房，以自身独特的风格，演绎成父老乡亲的栖居之所，组合成错落有致的一个个村庄。

那些沉静而光滑的石板路，那条蜿蜒铺开的乡村小路，那口曾经喂养过我们的古井，连同沧桑的往事，依然定格在记忆深处。

飘香的甘薯花在絮语，似乎标注出充满诗意的符号；悠悠的南音在低吟，仿佛吉祥的长调在缓缓流淌。

在醒目处，以山魂海韵为底色，映衬出家乡刚柔相济的特殊魅力；在空白处，用泉声鸟语做插图，四季就有了山清水秀的景色。

如同母亲一样顽强的身躯，她的勤劳、贤惠和美德，唤醒每一个儿女肩挑着"爱拼才会赢"走天下，始终保持着素朴而笃实的情怀。

然而，长年的漂泊，浪迹，在外的时间太长太久了，故乡给我的感觉是：今天故乡已不再是过去的故乡，今天的故乡依然是原来的故乡。

我常常因此徘徊于一种深刻的"悖论"之中。

每当夜阑人静的时候，一旦听得见周身的血液在奔突，脉搏在跳动，就会发现其中带有故乡清亮的水声或湿润的风声。

故乡，在我的意念中不断摇曳；亲人，在我的脑际里依稀浮现。

思念是美丽的疼痛，如同时光延伸的枝丫，它横卧在体内，使血与乡愁交汇。

有时候与夜厮守，摊开一轮明月，唯有在星光下煮字疗伤，才能驱遣体内的乡愁。

作为一名地道的游子，穿过梦里乡关的根须，已经无法丈量自己和故乡的距离。

抽离想象的部分，故乡本身就像一个巨大的容器，储存着春夏秋冬的轮回流转。

故乡大地是包容的，无论是苦难与梦想，还是悲欢与离合……

其实，在她的心里，所有的本源都是好的。

月是故乡明。今夜，我什么都不去想，我只想故乡，只想母亲！

（选自《散文诗世界》2018年第3期）

五月

—邱春兰

南风南
北以北

兰不说落笔三更后、归林老、夕影兰幽
兰不说时间走了，根心雕者，兰应一佳句：树根让人想起一种人，比如母亲
给以兰生命最终虚幻而过程丰满兰以兰为生
一行诗。一个兰字。一句娘亲。一个雨景的午后。一杯兰酒

你是根你是根雕你是兰的筋脉灵魂
你半窗看暮雨、你兰颜与兰饮酒听风、你一钱雨水的明朝春天轮回兰的四季、你枯木逢春、守着日色、守着时间、守着兰的心根你的倾心
……

(选自《大沽河》2018 年第 2 期)

南行记·唐家湾站

_香奴

这一站适合我。
小，安静。不会有相送。
距生离死别都很遥远。最多够一场独幕剧。

一个讲粤语的祖母在站台上塞给小孙女儿钱。钱掉了，刮跑了，她慌忙去追，黑布鞋白袜子倒腾得飞快……

南方的祖母，北方的祖母，差异不大。
唐家湾的祖母养大过民国的第一任总理，所以这里叫唐家湾。

没有空调。
我还是想起来丢落的黑围巾，羊绒加丝，冷的时候可以贴脸，贴背，贴心口，因为太钟情于夜色，我丢落在身后那么多琐碎的黑……

好比一个小站，他心甘情愿叫作唐家湾，姓孙的，姓卢的，姓莫的众人，都显得微不足道。

车到小榄的时候，我仍然想，如果有一天你途经这座城，发现我已不在，你会不会用我的姓氏和名字，命名唐家湾的一排长椅，头顶一树快要枯萎的紫薇花。

这些，将被唐家湾的子孙遗忘。

成千上万的祖母,从这里去往广州南。

(选自《商报》2018年1月12日)

群山之巅(节选)

_霜扣儿

1

在大地如我心的时刻,流动的心是什么样的哲学?

我深思于此,深愧于这尘埃里的疑问。

戴起我一点希望的,是深冬深处的微光——长夜欲尽时,闪动在梦境之外的星子,那遥远又永存的,抱不住又不失却的指引。

在魂魄之外,有什么样的宝藏在促使我醒悟?

并在心血中前行,融进别样风云,并在风云压顶时,说,那是成全本命的机锋。

一棵枯败的无名草作为答案,睡在我过于丰腴导致残破的心上。

——没有一次相遇不是注定的疼痛,与注定的辉映。

2

提长河的手要怎样抖动筋骨,表示一份自得与不屈从?

落日如血,而人心尚存蓬勃。在触目的地方,我那么尽力——向更硬更黑更冷的地方,默默交代出半生的盼望与挣扎。

半生裂变的心怎么依然不能殁于时光的流逝?

怎么能依然,在生活的铁角上辗转,用拥挤的泪光写下:磨即修,炼既养。

我仍有不停萌动的新发,在这条光明的歧途上飘下。

就为了不肯不爱上。就为了不能不放下。

沿路上开过通红的花——那香的命,她在人间死去,她在我血中醒来。为此我不舍得给予叹息。

我怕我一动身,就带出一片汪洋。

(选自《散文诗》2018年第4期)

江岸边

_ 陈劲松

二月已尽,江水瘦削,埋身水中的石头走向岸边。

巨大的铁锚钉入江岸,连着的铁链隐入江水中,是想拉住一条远去的大江?

兀自沉默,那暗红色的铁锈让岁月三缄其口。

江边的小树林背负着风声,有树枝落下,在春天来临之前它松开了自己。

草色怯懦,涛声恍惚。

凉意仍嫌阔大,冷雨扑打三月。

江岸边,看江水东去,那不易觉察的暗流和旋涡,

江水有,

你我也有。

暮色沁凉,落向江面和潮湿的黑色江岸。

大江无声,江岸边,我们看江水摊开细弱的涛声,仿佛走了那么久,只有在这寂寂春日,那条江才松开了它积蓄的晦暗不明的疲惫。

(选自《六盘山》2018年第3期)

一曲关于梅的佳话(节选)
——九曲红梅

_雪漪

1

从望梅止渴到饮梅止渴,一路风尘,对梅的宠溺渐入佳境,之前,只隔着绝尘的水。

林和靖结庐孤山,梅妻鹤子,一不小心又拉近我这个本名为梅的女子与杭州的浪漫关系,尤期待踏雪寻梅的仪式感。

2

梅香,是不同于鸟语花香的香,那是在水一方的香,灵魂精致的香,色泽馋人的香,佳人缠绕的香,西湖呵护的香。

忍不住再去想沁园春,继续想已是悬崖百丈冰,就顺势想到雪中遗世独立的佳人,弹落的花事足以惊艳未来时光长河,心甘情愿协同春水去流,没有归期。

3

取材西湖龙井这片叶子来深情诠释金毫独特承载方式，出路大好。你知道，我是多么热爱你灵魂质地的原创。

原初的美好，往往很少有伤。想到红，就想到梅，我还要想到晏几道柳垂江上，梅谢雪中；龚自珍刺梅以曲为美，直则无姿；李煜拂了一身还满。

（选自《散文诗》2018年第9期）

苦中含香是一株蒿的铺叙

_ 李振君

1. 此生，我默认青蒿也许就是我的天命。自己比身边那些比邻而居的野草，比这些共沐风雨的益友，占有的阳光够多了，已幸运至极。星光常常伴我彻夜长谈，露珠以晶莹常常浸润我的诗意，偶尔，还喜获雨滴填词；草的清香，不嫌我的荒芜，倾心与我，不离不弃。我默认自己就是尘世的一株青蒿，苦中含香，是一株蒿对我怜惜的铺叙。

2. 从此隐向植物，不考究沙粒黏土，不计较雨露待遇，做原野的归隐者，渴望雨的洗礼。不管到了哪里，一片缝隙也是我的开阔；自己即便是一枚瘪瘪的种子，也要把长势茂盛的笑容，绿油油铺上一地。以谦逊宽恕世界，身处尘世，有前呼后拥的风就足够了，哪怕浪迹天涯，也会心旷神怡。

（选自《中原散文诗》2018年第2期）

醋

_陈茂慧

在山西，与你擦肩而过的美女秀发飘飘，香芬馥郁。

在山西，美味佳肴之旁，必有一杯醋。酸甜适度，香气浓郁，口味绵长。

一场场雨水，并未减轻泥土的碱性；而一滴醋，足以让坚硬的变为柔软，让短暂的变为绵长。

高粱、豌豆、大麦，从碱性的泥土中长出，不同的颜色和形状，不同的性情与品格，它们相拥、相融、相契，彼此深入。以另一种姿态呈现：绵、酸、香、甜、醇。

缘此，那糯糯而婉转的声调便多了深情与温度。那酸酸的心事便多了曲折与隐晦。

秘密，有着40℃高温的发酵，有着6度的酸度，有着3000年岁月的熏醅与光阴的翻晒。

在山西，在太原。一城美食半城醋。

你举杯。你吟："冬捞冰，夏伏晒。"

他说："家有二两醋，不用去药铺。"

古树参差的林荫道上，走着制醋与爱醋的人。

古村落的院子里，摆放着盛醋的器皿，惜醋的灵魂穿梭其间，隐隐有甜腻香氲。

高楼林立的都市，相见欢，恨别离，皆与醋有缘。

有缘，便用一种酸代替另一种酸。用一份酸解除另一份苦。用一场酸诠释另一场甜。

(选自《青岛文学》2018年第5期)

文成公主的传说

_王忠友

你远嫁那天，从大唐到拉萨的天，比这蓝么？

见证的，是一首颂歌，还是历史抒发的一路乡愁？

庄稼都开始发芽。布达拉宫、纳木错、雅鲁藏布、雪山、草地、喇嘛庙……无处不在的，是你初心的诺言。

你是大美的菩萨。

在马队的古道边探寻，在失眠的灯下翻找。

青藏高原，因为你，就有了仰望的高度；大唐到拉萨的路，有了你，便有了朝圣的匍匐。

匍匐着，直到骨血融入珠穆朗玛的雪莲，融入你的圣洁……

转经筒转动，青藏高原安静。

我问佛：为何你活得那么难？

佛指着众生说：你看……

(选自《山东文学》2018年第6期)

阒寂

_王崇党

古镇有话要说。

它斑驳的喉咙深不可测,一定是刚喝过一大坛陈年黄酒,巷子里全是陈酿的酒香,上了年纪的风摇晃着身子扶着墙根在走。

老式的木门上,有的喜字还鲜红着。

地上的青砖如一个个伸开的大手掌,总想抓住我,使我不敢在一处久留。

我想知道古镇想要告诉我什么,侧耳细听,却又阒寂无声。此刻,我已进入得太深,成为其中轻轻颤动的簧片。

我终究不属于古镇,无法解开巷子深处的死结。

回望古镇,古镇如一盘卷尺,已收回了我走过的深巷。

(选自《散文诗》2018 年第 10 期)

回响：鹰之翔

_倪俊宇

一

在广宇与大地之间，自由不羁的精灵，不时传来阵阵呐喊之声……

巨翅，挟着闪电；羽翮，灌满雄风；锐爪，衔着云团。翱翔……翱翔……翱翔……

以不同的姿势，翔舞于世纪之上。掠过峡谷的阴森。掠过旷野的苍茫。掠过峰峦的狰狞。掠过莽林的雷雨。掠过江海的风涛……

身披缁色大氅，豪气横过五岳。一个风雪磨砺弓刀的壮士。一个执锐走遍天涯的游侠。

二

黑色疾风，扑面而来……一声长啸，令许多灵魂长出翅膀！

一双褐色的翅膀，托举着一颗不驯的心。不管歇脚抑或振翅，人们只有仰望，才能看得见你。

对于飞翔的翅膀，机遇是浩阔的苍穹。

霞霓因飞翔而璀璨。鹰呵，一代一代在天空，总以飞的姿势示人，总用不朽的歌声，吹开人们心海中搏浪的帆篷……

（选自《淮风诗刊》2018 年第 3 期）

在北五省会馆看戏

_陈平军

天色逐渐暗淡，戏的细节不会淡化。

不论直隶、河南，山西、山东，还是本土故事的主题，都坐姿各异坐落在瓦房沟的山嘴上。

坐北朝南

依山势而精心构造。

故事情节一定沿南北中轴线分布，各种方言依次穿越戏楼、观戏楼、钟鼓楼、过殿、大殿，形成三进三出递进式波澜。

意蕴、尾音，可以浓墨重彩，可以轻描淡写，适当用点工笔。

人物面部表情饱满一丝、体态丰腴三分、服饰如草木般繁杂五成都是可以的，错落有致，不可无序，传承一点晚唐甜腻遗风也未尝不可。

这样就不会输给站在对门墙壁上的三国演义、二十四节孝、神话故事与花鸟山水的古旧传统成分和神秘色彩。

静心于自己的舞台

用心歌唱

任何人生色调都不会受潮

再陈旧的故事也会常唱常新。

(选自《散文诗》2018年第2期)

箭一般放开四蹄

_ 那女

那些野到收不回的草，就能点蓝全部天空。指尖触发白云，大块大块浮你裸升的心情。

将阴郁的嘴角和森森的牙锋收起，心脏原色即是呼伦贝尔草尖上的露珠。视线必须向上，360度呼吸，不理会曾弯曲的膝盖。

有骨节的温度正好，封住丝竹，封住扭捏了身子的雨和妖异。

只须大碗喝酒，大口吸风。时针，分针，秒针，凝灼热的地心，软化灵魄，织入牧民的袍衣。

奇怪，我那么爱你，打一个滚儿，变成马，箭一般放开四蹄。

（选自《大沽河》2018年第2期）

石头：故乡的骨头

_谭词发

对石头，我始终怀有敬畏之心。

如果说泥土是故乡的肉体，河流是故乡的血液，石头就是故乡的骨头，陡峭的，平实的，巨大的，琐碎的……像古老的文字雕刻在田野，山川；像神的旨意穿透大地。

高大的石头称为岩，或崖，让童年的我看到更远的风景，或者成为我仰望的风景；矮小的石头略高于土地，或生长在土地深处，有的学习匍匐，有的练习隐藏。

它们都有一双神秘的翅膀，等待人类去发现，

去雕琢，去提炼。

我经历的石头都是有温度的。

在阳光下集聚热能的石头，在风雨中点燃诗意的石头。即使在寒冬，它们也会率先亮出融化冰雪的棱角；即使在夜里，它们也会高擎驱逐黑暗的月光。

在田间，地头；在山峦，河谷；在村头，巷尾……每一块石头都是故乡的骨头，

让我每一次回望，都会为之心疼。

我怀疑，是自己在童年游戏时，悄悄地把一块石头藏在了心里。

（选自《散文诗世界》2018年第7期）

马兰花大草

_许文舟

用那么大的草原，供马兰花怒放。每一朵，都开成酒醉的样子。

所以我想换一种说法，草原的大海，马兰花是细浪，没有风的搔首弄姿，哪有花的高潮迭起。瓷釉质地的花瓣，麇集着蝴蝶的唇齿，依靠端坐的露珠，完成对绽放的清供。

我看见，马兰花的绽开，有佛的轮廓。撕开茧衣，驻锡的蜜源，滋养了大大小小的诱惑与狐媚。摘一朵，任何手指，都会变得柔肠缱绻。

据说那些花朵，都是天宫许配给凡间的仙女。草原上放牧的男人，一生都得像宝马横扫西风。娶马兰花一样的姑娘，等着爱情，把斗兽的血液蒸馏出感恩的琼浆。

鹰飞得再高，还是看不到一朵马兰花，香息的尽头。风吹草低，既看见牛羊，也看见土拨鼠。无名河流，软软地流过草原的腹部，恍惚间的停顿，便把天空切得星罗棋布。

摘，是不忍心的，所以就凑近细嗅。马兰花蕊只有王的陵寝，没有猛虎。

（选自《塞上散文诗》2018 年秋）

沙田夜话

_巫国明

这个晚上,那些从百年前赶回来的风,挟带着海水与滩涂浓浓的咸腥气息,挟带着比咸腥气息更浓的乡愁……

它们穿着松垮垮的牛头裤,皱巴巴的对襟衫,在熟悉而又陌生的沙田上徜徉。它们激动地在水田中穿行,抚摸每一株壮硕的水稻;它们感慨地检阅,沿着沉甸甸的稻穗队列,走向金黄,走向成熟,走向丰收。甚至爬到收割机上玩耍,却弄不懂这个古怪的大块头是何方神圣。

飞越纵横交错的水涌,穿过瓜棚和吊脚的小木屋,它们贴着水面滑翔,与青蛙、蟛蜞、鱼虾之类的街坊老友打招呼,欢快地,嘘寒问暖,仿佛回到当年一样,张家长李家短地拉家常。

它们怀旧地议论,复古地撒欢,也伸长脖子做前瞻性的展望。

它们知道稻田行将退役,蛙声虫鸣也行将消失;知道它们的子孙,将拥有公园、游乐场和购物中心的同时,也将被矗立的摩天大厦和玻璃墙幕,盾牌一样堵挡住从前横冲直撞的路,弄得找不着北,任不了性,甚至一不小心就撞得个头破血流。估计最后,还得被那个时髦的叫自贸区的巨无霸所收服,从此将野性不再……

它们为此忧心忡忡,也耿耿于怀,不知这是坏事还是好事。

这个晚上,百年前的风,透过月光皎洁通透的晶体,展读明若悬镜的清辉,瞭望偶尔掠过的云彩。这些晕光笼罩的云彩,围绕着银色的月亮,簇拥着嫦娥出没,像缭绕的紫气,像长舞的水袖……

然而此刻,风不问海阔天高,风不羡仙境天堂,风只知道四季来来去去,节令如期如约,知道岁月悠长,万物生长,眷恋人间烟火的温暖。

冷然一声鹭鸣，带几分粗糙几多亲切，划破水面上汪汪的明月，荡漾出一圈一圈、一轮一轮水银泻地般的乡愁，引出关于海岸、滩涂、家园、耕读和建功立业的梦想，引出关于拓荒者的身世、排行、家族和祠堂里神主牌铭着的姓名、辈份；引出关于围海造田的旷世奇想，与功德无量的百年艰辛；引出关于初心和归宿，出生地和魂归的地方……

这夜色中的话题，在南沙，在大沙田无比漫长的时光，不知酝酿了多少年月，发酵出了多少香喷喷的美梦。那是一坛既醇又香的"土炮"呀，一坛提起就醉的广东老米酒。

我们也醉了，醉透心头。我们驾着车，在高速公路上与时空对话，在立交桥上与明月细语轻歌，在霓虹生辉的城市中央侧耳倾听，透过轮回千载的星空，与风，与一坛陈年佳酿，展开一场延续百年的沙田夜话……

（选自《增城日报》2018 年 9 月 24 日）

大运河

_王剑

是诗经里流淌至今的那条卫河吗？

我仿佛看见，河岸边长满了芦苇。丹顶鹤，在河边悠闲地散步。脚步想怎么慢就怎么慢。水鸟的翅膀，接连划伤几朵浪花。浣衣的女子，布衣素颜。飘动的长发，拂过水气迷蒙的时空，为卫河写下远古的浪漫。

我看见，数不清的商船开过来了，装满隋唐的盐、铁器、布帛、粮食和宋朝的茶叶。划桨的汉子，裸露着脊背，赤红的肌腱迸发出惊人的力量。

我看见大王庙的香火，袅袅升腾。李冰、谢绪、黄守才、张居正、朱之锡，端坐在正殿上。他们的窃窃私语，与治水有关。

不远处，粮仓的穹顶插入碧空。一群蠕动的民夫，正把一袋袋大米，驮进仓廪。滑州，美丽的滑州，就这样，在一次次的航运中，日渐丰盈。

而今，西门城墙还在。码头还在。奔腾的卫河，还在。

只是，已经看不到运河里那些精彩上演的故事了。

一只弃船，孤独地泊在岸边。成了诗人们怀旧的道具。

繁华落尽，一切都归于平淡。

我不知道，这是不是另一种幸福的开始？

我们都是从尘世的喧嚣中，跑到这里的过客。面对生生不息的大运河，我们遇见了安静，或者悠闲。

（选自《中原散文诗》2018年第1期）

沉默的石头

_ 徐澄泉

一尊沉默的石头，表情深刻——

它内心装满猛烈的风暴，嘹亮的歌声，爱的经验，痛的教训……

沉默的石头蓄谋已久，一旦机会来临，就会爆发。它团结一切可以团结的力量，那些小花小草，巨擘大树，驻足的鸟，路过的人，纷纷聚在它的麾下，揭竿而起。

沉默的石头，顽抗到底。它发动了哗变，却不接受法官和人民的审判，面对正义和真理的拷问，始终三缄其口，不留一句口供。

唯一的线索：沉默的石头，来自民间茅厕，又臭又硬。

（选自《星星·散文诗》2018年第5期）

里斯本海边缅想

_冷先桥

沙滩是细腻的，人心是柔软的，礁石是沉默而坚硬的，海水是不苟言辞的。

谁能听见海浪的颤音，这铺天盖地的大西洋，这光与梦的蔚蓝交响，浪尖上飞起厚重夜幕，那是用善良驯养的神灵的巨大包裹。

欲语又还休。海风把夜晚削成刀剑。在里斯本海边，海浪与礁石的摩擦声，一如中世纪铁骑的号啕，新鲜的海浪带来新鲜的深意，回忆起四月之后我们的爱，是否冰凉而滚烫，在通向灵台的经纬上弯曲并延伸。

里斯本凌晨五点，我的祖国已是下午。

阿布和我从时差中醒来，到里斯本海边呼吸大西洋的晨风，当地早起的冲浪汉子、海钓老者，迎接一个全新的黎明降临，让大西洋柔软的阳光，蒸发掉失落和悲怆，抚慰体内的疼痛与暗伤。

海浪不停地亲吻着礁石，那枚飘着千年花香的明月，并不曾照着我，只有启明星选择自己的位置，照亮自己的空间。

多少次，一个擦肩，一个深情的回眸，此刻，穿越大西洋的海平面，茫茫大海，茫茫人海，多少未了情，在不经意的某个瞬间，满目苍凉。海水如同一只巨大的蓝瞳仁，映衬人世的一切，新嫩、喷涌着黎明气息，一秒接一秒旺盛生长着绿意，海洋里，慢慢移来的光芒，激烈又是如此平静的梦，消逝，青蓝的黎明已至。

在里斯本海边，一个早晨悄悄溜走，蓦然回首，感知日子里的平庸，情感失重的方向，应该是人生释怀的方向。

而在里斯本不远处的亚欧大陆最西端——罗卡角，我伫立岸边，朵朵浪花都是爱的宣言，海雾笼罩着岸，宛如仙境，媚，你的情影若隐若现，有如四月的芳菲跃上叶尖，有如蓓蕾即将绽放。在这天之涯海之角，我无限爱意为你而生发，我真想一辈子在此与君相互对视，如果可以把心掰成一瓣瓣碎片，我愿，让这心瓣随浪花飞升。

陆止于此，海始于斯，掌心的温暖一直在发酵，尘埃降落，故事返青，如梦小令已入梦，挚爱已飞越万重关山，落翅于一块礁石，浪漫长出鲜嫩的叶片，将火热整个夏天。

（选自《散文诗人》2018年总第50期）

大海之歌

_容浩

巨浪其上，暗流其中。我也见过万丈波平。海太复杂，某一刻的它不是完全的它，正如某一刻的你不是完全的你。

艰难的水滴，一滴包含着另一滴。

谁了解大海？不会是海鸥，不会是船，和奔波的鱼。

她的手，解开今天的地平线。巨型的日出捕捉到港口、汽笛、铁锚。海面用金光歌唱。弯曲的地球，像一个怀抱。

站在码头上，我们那么小，我们还没有长出影子，我们还十分可笑。

海浪一排排向前，身体举起声音，冲向沙滩。潮湿，是沙子的必需。相对于船，固执的礁石活得缓慢，在变成沙子之前永远无法望及对岸。

我不喜沙子，不喜船，不喜礁石，也不喜浪花。

低音分子在后面用匍匐的姿势默默地凝视前方。噢，像一个傻瓜。

海岛的海才像海，专一的蓝里藏着巨鲸和它的身世。

而蓝，是一个巨大的天真。

陆地上人太多，蓝很少。蓝披着一个大时代，鱼虾们穿梭不停，各有天命。寂静的生死才是这颗星球的安慰。

（选自《散文诗》2018年10月）

黄石的槐

_施迎合

看见槐，我就不由自主想起了儿时唱的歌谣："杨槐树，杨槐花，杨槐树下就是我的家，我家就在杨槐下，名字就叫马兰花……"

好像忘记已久，似乎又格外清晰。

因为黄石铁山的槐，我渐渐衰老的思维竟然抽出了根根花的香蕊。

哦！我惊讶，一座绿茵覆盖的山，居然是由一吨吨废弃的矿渣垒成！而那满山香浓葱郁的树，居然生长在由块块石头筑成的山峰之上。

不用怀疑，存在就是奇迹。黄石铁山的槐就是历史不朽的见证。

信步穿行于槐树林中，我仿佛也成了一株亭亭玉立的槐，浑身披满飘逸的青衣，挥洒一路银色的香雪，随风飘零，向漫漫长天，向辽远大地，向所有爱我和我爱的人儿喃喃吐露心迹，柔柔表述衷肠……

爱与不爱我都是槐，就像我的根早已深深扎在有爱的土壤里。

何况儿时唱的歌谣还在我震颤的心室回响，歌谣里还香着瓣瓣我心仪的花。

呵！今生我注定与黄石的槐有缘。

在清雅的槐花香里，正悄然绽放开我瞩望的马兰花儿的梦境……

（选自重庆《璧山文艺》2018夏季号）

喀纳斯湖

_ 仕凉

　　喀纳斯湖。披一袭水做的氅衣。与众不同的色泽，让气质陡增。让山色黯然。
　　不是纯蓝色。亦不是净绿色。就像不是红尘凡俗热烈的情，亦不是俗世普通冷淡的心。
　　喀纳斯湖，那极不真实的颜色，难以描述，形容。
　　是不是，一湖的宝石无法藏匿的光芒渲染？是不是，神秘水怪卸妆的胭脂所染？
　　喀纳斯湖的水，分明流淌不息。而在我的眼中，却是一种湖若止水的错觉。绸缎一样纹丝不动。
　　有若我们的爱，明明涌动于心。矜持的表情，却不动声色，深藏不露。
　　富含矿物质而衍射出独特颜色的水，从喀纳斯湖流出，穿越森林，淌过草地。
　　走向，因地势而随心所欲。
　　月亮湾，是喀纳斯湖行走途中留下的一个最美丽的脚印。月亮湾，满满的蓄积月光。一枚静谧的月牙，落在森林间，卧在草地中。
　　大爱，原来是可以有这样的颜色的。不艳，不俗。惊鸿一瞥，尽藏素雅之中。
　　深情，原来是可以有这样的表情的。厚爱从容，不露声色。
　　喀纳斯湖。盈满我眼眸的湖光，纯净、圣洁。足以洗濯我在尘世沾染而来的那些嘈杂念想，那些狂妄欲望。
　　喀纳斯湖，我梦中的湖，救赎的湖。

（选自《散文诗世界》2018年第2期）

采艾草

_薛贞

从舟曲回来的这一天，正好是端午节。

路上大家休息的时候，我采摘了满满一大束艾草。

刚刚下了一场小雨，艾草湿漉漉的，我的手上洒满亮晶晶的水珠。

采摘的时候，我生怕采到那种貌似艾草的草，它们的茎秆上长满了银针似的刺，一不小心，就会扎破手指。去年端午节，我就有过如此遭遇。

同样是刺，有的长在玫瑰的茎秆上，有的长在臭烘烘的草茎上。

而艾草的茎秆上没有刺，叶片的背面闪着银灰色的光泽，绵柔厚实。折下的刹那，一股稍显苦涩的清香悠然飘散，像久远的诗魂，在风中化为千古追思。

我举着一大束嫩闪闪的艾草回到车里，像举着一团绿色的火焰。

以后的日子里，即使这火焰熄灭了，那涩而香的味道，依然会丝丝缕缕散发在日渐微凉的时光里。

（选自《甘南日报》2018年9月3日）

梅花三弄

_卢静云

梅花一弄，是茫茫长天下的一场盛宴，千百朵争妍开遍，谱就了韶华极尽的尘世。就在驿外断桥边，或是空山雨林间，或只是普通的庭院里，有心的赏花人总能遇见那最深的美。只需刹那，潜伏在灵魂里的声音便能苏醒，因为共鸣，因为黑白之外的一缕纯粹。

方外的隐士携一床古琴而来，在梅下抚上闲淡雅逸的一曲，此时暗香浮动，性与琴会，怡然自乐。也有诗人墨客，邀三五朋友围炉品茗，让那疏影横枝入诗入画。照影水清浅，梅的身边都是逐美的知己。一剪寒梅，附身于霜月、清风、琴弦、诗卷……与人，交托出一生长长的相伴，不消言语，是世间奢侈的缘分。

梅花二弄，无声拂下一身红尘，凌于冰霜之上，洗尽铅华，茕茕傲立。

扯下三尺冬雪铺成背景，一树一树，立于寒天中，允以晨光滴下芬芳。

那七分颜色随风婆娑，又自持着一份玉洁冰清。所见的，是隔世的风骨。香只在无心处，不畏人言，也没有讨好，便是所有的骄傲。

就算到了芳菲的尽头，桀骜的面庞依然如故。零落成泥，也是缄默的姿态，为了保存生命中最后的，灼烫的温度。

可听见那一阵吟唱？悲喜自来，无关天地你我，无关日月轮回。

梅花三弄，原来，是那些如梅花般清婉傲绝的女子。

她是秀外慧中的体己人，一脉清香，笑意嫣然，只为眼前人。她可以为你走在江湖之内，逐沧浪之水，历一路执障，一路守候。她也可以为你留在烟火日子里，洗手做羹汤，呼吸相闻，只道是寻常。

（选自《散文诗》2018年1月）

虚拟的眉山

_白炳安

眉山，在诗学地理中，是散发着酸菜气味的地名。

作为苏东坡的故乡，依靠词里的笔意，把眉山的妩媚多姿写在月光染白的纸片上，让每个游客，有了必要的驻足与阅读。

而眉山也可以是我虚拟的人名。

在我的诗里，她具有人间的烟火气色，更有秀丽的线条感。

一口麻辣的川腔，用语言表达对事物的感受，有一股麻辣。

在走秀的舞台上，一步一微笑；一笑，令对接的目光绵软，是让我五体投地的辣妹子。

不怕辣，辣不怕！

这个叫眉山的川妹子，香醇起来，就像一瓶五粮液，我一喝，就醉！

我是多么喜欢呀！把她当成一张最好的叶笛，吹出我对生活的热爱，对眉州的向往。

作为一个地方，我一段一段地剪下眉山的美好，张贴在我的诗里，让爱诗者从中读出一种穿透目光的韵味。

而作为让我绻恋的人，被我虚拟在诗里，活着、笑着、爱着，她每一句用辣椒水浸过的方言，都令我醍醐灌顶，不会在纸醉金迷里昏睡不起。

要活，就活在麻辣里；

要死，就倒在川腔的怀抱。

（选自《星星·散文诗》2018年第6期）

致宝贝

_刘建芳

  风儿轻轻吹着,仿佛在清扫干净每一个角落。太阳暖暖照着,把整个冬天都温暖了。天空蓝蓝的不见白云,白云都被拿去做裙子了。
  哦,这天——2017年12月20日,下午3点多的时候,这个世界用风和日丽,迎接一位美丽的公主。

  你是在阳光灿烂的冬日出生的公主,你的周围都是纯净的,洋溢着赤橙黄绿青蓝紫的美丽。我就想我的公主,在阳光下奔跑。
  即使遇到阴雨天,我也会用我热切的目光横扫阴雨,然后把你注视得一片亮堂。

(选自《中山日报》2018年9月9日)

草一样闭目养神

_李虹桦

其实，我可以再糊涂些，像草一样闭目养神。
而根，醒着。
藏起不凡的智慧，任时间流水，静静淌过内心，淌过季节的积雪。
塞上的战戟，道上的尔虞我诈，欲壑与寥落，倾斜成隔空的花钟。
静默。
从暮色到晨曦，听过风的鹤唳，抚过玉的温润，与露珠失之交臂。
我在汲水的河边，阅尽往来千帆，修正一截截青筋凸显的时光，把陌路与旧居，揉皱在泥做的纸上。然后，把自己锁进去，俯身拾梦。
那些结荚的草籽，那些背光的影子，那些被岁月打磨过的石头，注定是阳光的产物。
我笃信，这是神的指引，是午后倦意的禅悟，是潮湿的季节和针尖的事物日渐的靠近，以及契合。

（选自《诗选刊》2018 年 7 月）

桃花

_杨永可

  桃花并非薄命红颜的写照。所有宿命，都是自己的品行锻铸而成。
  桃花铺天盖地璀璨盛开，是芳春一种大气的铺陈，与纤弱悲愁无关与绝缘。
  遥想汪伦当年，心中贮着深千尺的桃花潭水，才能在送别的踏歌声中，触发李白一片恢宏的诗情。
  有一种烙印于心头的记忆，是自己行走大千的灵性脚印。桃花，把桃花源、桃花潭、桃花扇，默契联系起来，形成桃花灵魂的轨迹，昭示于人世，永不凋谢。

  亲爱的，你没有来，拍不了"人面桃花相映红"的美照。明年应记住二十四番花信风，提早踏着惊蛰一候的桃花信，翩翩前来。
  惊蛰，已潜入桃花的骨髓与魂魄。
  愿你与桃花一起，追溯远古，绾情当今，描状一幅岁月风情画。
  桃花知道付出了代价，是否每一朵花，都能结出香甜之果？
  让我们携手穿过时光隧道，与桃花深情对话。

（选自《中国当代实力作家》华文出版社 2018 年 7 月）

黄河故道，梦与醒的距离

_棠棣

  故道，故道，岁月的吻痕。

  穿过肉体和土地，穿过白天和夜晚，你扭结成大地缝合后又撕裂的伤，在打开与关闭的瞬间，擦亮日月星辰的火。

  黄河在生命的史册中穿行，即便没有水，或者永远不再有水，仍然给人以洞穿岁月的苍茫。

  六百年，弹指一挥，阴文或阳文的水贴着大地呈现，以篆书，诠释出黄河故道的前世今生。日夜不息的奔腾咆哮积淀成豫北大地上灼痛的记忆。

  黄河之水，天上来；黄河之水，心上来。千里故道为缘河而居的子民钤下种族的戳记。浩浩汤汤的大水已随时光而去，但水声却在一代代人的心头喧响。

  长堤蜿蜒，标注着黄河水昔日的流向，六百年后，葱茏的是伤逝与缅怀。一棵棵树，一茎茎草，翠绿的叶片翻卷成风中的浪涛，让岁月沉潜，如脚下的淤沙，成为翻页的皇历。

  槐林。羊群。昔日的河床。季节的风里，茂盛着涛声之外的生命形态，让爱与追忆游走于光阴的腹地。

（选自《呦呦诗刊》2018年第2期）

措美峰

_阿垅

  一座女神的化身，隐入了昨夜的星空。
  我翻开一本蒙尘的书籍，找到了她出生的村庄，木桶里清凉的泉水，以及柳枝般柔软的腰身。收割后空旷的田野还在，那把月光的斧子还在，还能劈开眼眶中相思的泪水。

  一座山有名了，一段凄美的爱情就开始流浪。
  今夜我就宿在她的枕边，向她只借一夜的涛声和传唱。最低的音符在草丛间闪现，风干的一片花瓣，那是肩头上欢喜留下的齿痕。最高的音符是离别的鹰，久久在天边盘旋的翅膀。
  等一个人，等到满身风霜，等到望穿双眼，等到心如磐石。

  春天又一次来临，在桃花刺绣的早晨，有低头的念想，也有抬头的怅惘。开始播种的雨水恍若一梦。
  我伸出手指，多想触摸她头顶的花冠，那终年白雪和圣洁的光芒。

（选自《诗潮》2018 年第 9 期）

一颗雨滴

_苏建平

　　一滴雨的去向是一个谜。如果要探案，我只能用手头仅有的工具：语言。禅宗断声说：喝！它来自于不可测的天上。在命名为"雨"之前，它可以成为"石头"。大地宽厚地说：喝！在某个方圆之内，它可能会被玉米和大麦、道路和沟渠、铁皮屋顶和水泥屋顶、叶子和根、蝴蝶和蜻蜓、鸡与鸭与狗、河与湖与海，吸收和舔走。而有一个人自言自语说：喝！他已在苦食之地劳作半日，或沿着一条大道和小路辨别方向，或正在穿越一片沙漠，这时，恰好来了一阵雨，他不由得仰脸张开了嘴巴。

（选自《南国散文诗》2018 年第 3 期）

生命树
————锦冠镶嵌大镜山

_刘承伟

晨曦凝露，暮色流金。晴川为线，日月为针，星斗为珠——大自然织就旖旎美景。

此处，细水长流，蜿蜒成青葱的时光守望；

此幅，远山沉想，描绘出豁达的襟怀气度。

早安，大镜山！

……

大镜山，你召唤我，不分惊蛰白露，无论寒暑易节，引领我奔跑，聆听我呼吸，陪伴我思悟……

朝阳绚烂，烟波浩渺，云霞明艳……描摹工笔画卷；

一碧春水，四季花红，千山翠蔓……泼墨写意丹青。

稚子嬉戏，少年轮滑，青年骑行，老年健身……拼出人间诗书画；

献艺绿茵，竞技乒台，奔袭篮下，飞腾网前……组成盛世欢歌图。

大镜山，你宜动宜静的一树春华，可载浮沉，可听钟鼓，可伴晨昏。任我去留无意，伴君云卷云舒。

蓦然回首，大镜山——夜阑珊……

（选自《珠海特区报》2018 年）

远方

_萝卜孩儿

种子望眼欲穿的地方。

一粒种子,她伸入暗河的神经,已触及石头的骨髓。

眺望远方!远方有一片云,还有云儿生下的一场雨。

一场雨,淋醒了亿万颗胚芽。

睁开眼睛就是春天。就有一场洁白的花事,涟漪一样蔓延!

谁的眼睛不是一粒种子?落地生根,触景生情。一段因缘,连结着前世今生!

哪一粒种子,不是一颗明亮的眼睛?眼角里的一眼泉,睫毛上的一片云:彼此相忘,又相望!

颗粒饱满的一粒种子,额头碰疼刚刚探出头来的云影。然后她俯下身来:拥抱湿度适宜的墒情……

(选自《山东文学》2018年第6期)

在露珠中复生

_ 范恪劼

　　露珠熟透了，早于花萼不止一个季节。
　　所有的情思都埋伏于极限，直到透明，直到胀满，直到最后一次玉润而生烟珠流而璧转。
　　于是，以垂直降落抵达圆满，以定向回归填平心愿。
　　回。回到根部，回到元气深居的摇曳之下光鲜之内孕生之中。
　　旭日探来福安的问询，晨风伸出优柔的触摸，虫豸翻过葱翠的斜面。
　　只剩清爽。
　　那一滴月光下的攀升，那一滴黎明前的祷颂，那一滴叶芽尖的叮咛……
　　哗——
　　滚过经脉的血流，放过有氧的输送，穿过地皮的运动，在盈寸之间的宇宙中，成为一株有灵枝干的绝世密码和惊世涛声。
　　波涛汹涌于秘境。
　　哪怕焦枯勒紧着最后的倔强，哪怕皲裂吞噬着最后的呼告，哪怕摇撼摧折着最后的黄青。
　　一滴又一滴。千万滴吻过生长的湿润，在地母的怀抱中，汇集、孕生、复活，在又一个清晨的旭明中，亮出爱的晶莹。

（选自香港《橄榄叶》2018 年 6 月 9 日）

一枚果核

_符纯荣

深藏于母爱的核心,谁知仍然躲不开岁月的无情雕刻。

一道道错落有致的痕迹,凹凸着一句句深刻的哲思。

是的,雕刻。这是一个怎样的词汇?

谁看见一个动词,于不知不觉间便完成特定使命,表面上却不动声色。

据说,这是岁月的训示:

有时源自母爱温暖的襁褓,有时受力斧子锋利的砍伐,有时困于爱情若即若离的考验……

就像这枚果核:在成长的过程中,岁月总会以某种方式准确到来,给它的形貌或思想,改变或留下一些什么。

(选自《北海日报》2018 年 6 月 7 日)

铃声

_王泽中

　　那时，山外飘来一串串自行车铃声——这声音一响起，村中光棍的身体消瘦了，魂儿惊落了，村里父母憔悴的梦儿抖破了；

　　这铃铛声，驮走了没嫁妆的姐妹，偏没载走山沟的穷光景。

　　铃儿声声，嘲笑了幺妹子仅有的高小文化，更羞辱了她清贫的山村和她的自尊；

　　幺妹倔犟，她暗誓，平原上来的自行车，永载不动山前山后对她的那份情；不久，她和同村那个高中娃儿发狠，走出了十八年相依相恋的家门。

　　她走后，村里留下议论纷纷。终于有一天，村道口飞来她和那娃揿响的一串串响亮清脆的铃铛声声……

　　铃声，给父老们拽回一个红火的福音。

（选自《竖琴短笛》2018 年 5 月）

寒冷中回望的故乡

_刘慧娟

朔风，寒气，伴着屡屡思念，阵阵来袭。

天气在季节的转换中，又一次寒冷了。

仰望南飞雁阵，心上犹如利刃划过。

我把母亲和故乡留在了北方的严寒，自己躲进一个温暖的城市。

我无力拯救气候和岁月的移动，只能坐在自己的词句中，任凭亲人和故乡遥不可及。很想给故乡盖上一床棉被，或者加一件棉衣。让故乡时刻温暖。让即使心在颠簸的人，都不会再有乡愁。在故乡的怀抱里聊聊家常，坐在田垄地边，看着空中飞向远方的云彩。偶尔，低头拣出藏在庄稼叶子底下的虫子。

鸿雁飞过，我不再期望什么。我慈爱的父母，已经不能到村口送我或迎我，只能以固定的姿势，等我。但那送我一程又一程的身影，饱含万千嘱托的话语，早已深深蕴含于故乡博大精深的含义。四季村口，都有一双熟悉的背影，固执地眺望远方，以故乡独特的亲情，呼唤儿女。

此刻，故乡寒意浓浓。正是父母和儿女相互思念的时刻。寒夜月色，阶上雏菊，落叶翻飞。遥远的思念，正穿越千里之遥，在夜色中匆匆行驶。柳笛声声，在梧桐细雨里诉说乡情。声声叹息，仰望被汗渍浸透的故乡背影。故乡，没有现代城市的喧嚣和奢华，却有着原始的拙朴和本真，于默默中，传达一种宁静。此刻，夕阳西下，暝色四合。儿时的所有梦幻，突然被鸽子的哨声惊醒。轮廓渐渐清晰起来。

断断续续的意境和纷至沓来地场景，时远时近的敲打着记忆，时空以飞翔的速度，不停地切割着思想的泪水。

（选自《青海湖》2018年第2期）

娘的大雪

_张少恩

　　早晨，拉开窗帘，一个锃明瓦亮的世界出现在我的眼前。

　　大雪，故意给我一个惊喜，于昨夜悄没声儿来到人间。那时我睡得太沉，竟没有听到她一点脚步声，也难怪，她的脚趾长着洁丽的细绒，虚飘而轻盈。

　　一切都得到了应验——

　　你不得不相信吸引力法则，相信量子纠缠的理论，想拥有什么就得去想去盼，不停地念叨，就像我，秋天还没结束，就在躯体里存入了洁白的意念，在词语和梦乡中向大雪挥手，向着邈邈的天空动情，使眼色。

　　想念着大雪呀，永远不倦，隐忍的眼泪与大雪兑换——

　　母亲，你说过，生我的那天大雪纷飞。多少年后，又是另一场大雪把你接去了天堂。

　　哦，母亲，你还会借着大雪……

　　娘……

（选自《诗选刊》2018年第6期）

鹤峰之夜

_陈颉

酉水，在鹤古云峰转了个弯，一段绿锦，飘着悬着，就生动了。鹤峰的夜色，走在凉风的肩头，四周山峦扛起西风，漫卷危岩峭壁，映淡了鄂西以西的小城。

站在临水的窗棂遥对瘦月，一袭倒影，柔软如灵魂的悬梯，忽上忽下，岁月在西风的路口，慢慢减速。

我是一个在夜晚边缘惆怅的人，忧郁的沉静，在我手心，已经缓慢愈合，渔歌晚唱一吟一紧，加深了酉水夜色的晃动。

（选自《张家界日报》2018年7月13日）

芍药谷之恋

— 丛林嘟嘟

芍蕾，伸进六月。
在花瓣上，迎接草原的诗意。
你说，和我一起在芍药花开里相遇，我想那一定是花瓣与露珠的初吻。
相遇，是一种弥补。
弥补那一年，仅一步之遥的距离，而我却为此等待了八千个日夜。
乌拉盖的草，青了又黄，黄了又青。
芍药谷的花，开了又谢，谢了又开。
我的梦，牵着四季轮回，一直期待与你走到天边，采一朵云彩。

勒勒车，走过。
芍药谷，花香挤压着车辙，如同与爱相随，拉开夏的序幕。
初绽的芍药，从心底吐露爱的芬芳。天边的天，挽起芍药洁白的花瓣。
草原的草，散发着纯纯的乳香，诱惑了一朵朵、一片片粉的红的艳丽，如盛开的云霞，随风轻轻摇曳心语，悠远的马头琴声，仿若从天边草原传出的天籁之音。
芍药谷，打开了红尘之约。

爱，在怦然心动的芍药谷延伸。
天边，一阵阵馨香，熏染了无边的眷恋。
风中，满山谷的芍药，羞答答地开放，颤动的深情和婉约，四处弥漫的花语，直抵年少盛开的花季。
旧时光与新时光交织，而我的青春在记忆里复活。

我的泪，晶莹成一滴花露，滴在你的手心。

芍药谷，琴声倾诉……

（选自《火花》2018年第9期）

大车厂，古树环绕的村寨

_ 陈顺

　　向上，向上，在一个头顶蓝天的地方，我仿佛回到了久违的故乡，抓住了那只受伤的麻雀。

　　大爷、大婶和善的脸庞，枫树、木房安静的姿势，与这个秋天无关。陈谷子烂芝麻的往事在炊烟里铺展，笑呵呵的表情生动了二百多年轮的沧桑。

　　向前一步，是树；退后一步，是树；左迈一步，是树；右迈一步，是树。老人的颜容像树，孩子的体格像树，村里人的品质像树。树，成了榜样，成了标杆，成了世世代代人们的仰望。七十一，是时间，是吉祥，更是从古至今的图腾和希望。

　　石磨响了，宁静的古寨飘起了丰收的喜悦；石碓醒了，安详的牛羊开始了一天的徜徉；枫叶红了，一袋袋旱烟在传说中升腾缭绕；小路边，古井旁，三三两两的浣衣女挥舞着棒子，敲打着生活，纯蓝点绿的背后，火红的日子纷纷扬扬。

　　谁家的屋顶，小鸟在传呼，枫叶在飞舞？

　　谁家的灶台，烟雾在缭绕，灰豆腐在起伏？

　　村口，一道道石坎筑起的脊梁，将古寨的悲欢离合和月落星辰深锁，寨里寨外，别有洞天。

（选自《散文诗世界》2018年第2期）

空山新雨

_风荷

  溪涧，鸟鸣。
  屋檐之水，滴答，滴答——。
  烟火生，禅自茶味而出。一卷在手，去心念念。瘦竹立于静山，箫音随流水送远。马蹄声声，远在青山外。
  寻心，在寂静处，心即是佛。
  留一袖清风，都付光阴。
  起舞，问道。
  也纤指弄墨，暗香飘忽。或刻刀遇石，刚柔相接。懂知白守黑。
  露水，空枝。不见蜜蜂嗡嗡，蝴蝶亦离花茎而去。穿灰袍的僧人穿过林间，似柔软无骨，又似一阵劲风，一晃不见。
  花落下，而后是新雨，一瓣一瓣。
  清凉。桃花潭边，不知尘世今夕何夕。一块石头也没有和流水诉说情话。
  水月，空山。唯箫音连着一曲箫音。古意葱茏，袭上眉头。一篇山水新赋。
  静候你的到来，两个人的日子。
  你去采药，我来浣纱。
  人世本清寂。

（选自《伊犁河》2018 年第 3 期）

卖刀村

_唐鸿南

从未打听过,卖刀村是否卖过刀,卖刀村为什么会叫卖刀村。
但我深信,黎寨里的那些刀影,仍会闪闪发光。
那些刀径,肯定还会丈量苦难的锋芒,可是早已失去了抵抗自然的能力。
它们只会被绑定在摩托车的框架上,挺进莽莽山林,承诺另一种可能……

(选自《山东文学》2018 年第 2 期)

镜子里,看太阳从海边升起

_眉儿

为了遇见,云在我必经的路旁,傍着那棵桂树的沧桑驻足。给我一个,依山傍水,四季如春的家。
起居室梳妆台的镜子里,日日的清晨,看着太阳从海边升起。
从这一秒开始,踏入现实的泥潭,煮饭、洗衣、生个孩子。
从这一分开始,研究无碘盐和有机米,咸淡、庸雅、忧喜!

从这一刻开始，写一首诗给孩子，让她感受我们的幸福……

孩子的快乐，我会一直洋溢在春风拂过的眼，逢人便用俗媚的絮叨，来描绘她的举手投足。

给她最喜爱的食物和宠物，冠一个最萌的乳名，喝多多，抱包包。

惊蛰的清晨，掀开粉色小碎花的纱帘，坐在梳妆台前，在镜子里，看太阳从海边升起！

（选自《深圳特区报》2018 年 8 月 14 日）

石匠父亲

_周文兴

故乡没有高山，只有坡。

在那饥饿的岁月，故乡的山坡饿得长不高，如老人微驼的背。

矮小的山坡，掖藏着很多温饱的馒头，自己不舍得吃，留给饥饿的子民。

那时的父亲，年轻而瘦削。他每天带着铁镐、铁锤及楔子，赶在日出之前含泪向山坡鞠完躬，然后咬牙掏出山坡多年积攒下来的馒头。

铁锤一次次的抡起落下，砸碎了饥饿，砸破了风吹雨打的日子，也把我砸进学堂，砸进城市。

多年以后，被岁月凿空的父亲，每天在日出之前拖着削瘦的身体向山坡请安，始终保持着鞠躬的姿势，如山坡微驼的背。

也许是不习惯抡不起铁锤的日子，也许是想念山坡，那年，父亲告别了铁锤，作别了云彩，走向山坡的深处，成为山坡。

每次面对山坡含泪鞠躬时，铁锤砸向石头的撞击声总是在我灵魂深处清晰回响。

（选自《湛江科技报》2018 年 7 月 6 日）

忘却之书

_敬笃

　　大地滋养着灵魂的树根，被风吹落的树叶，已将所有过去的荣誉都埋在记忆的土层之下，人生怎不如戏？

　　远处望去，看似如镜一般的湖面，折射出阳光的颜色，赤、橙、黄、绿、青、蓝、紫，每一次波澜都是对命运的一次考验罢了！

　　我们在忘却中消隐了从前的影像，回忆根本无法触及真正的魂。在视野之内，焦虑的名词并没有升华至死亡，全世界的奇迹，也仅仅是一种虚无的幻象。

　　疼痛刻在骨头里，残存在幽暗之境的魅惑，是欲望盛开的恶之花，也许时间都无法让它凋零。

　　隐蔽的帷幕，升起又落下，最终还是遮住了视线，被巫术钳制的思维，哪里还记得沉重的石头，会压死无畏的抗争，一场水灾，洗劫了心灵。

　　一切的美好，抑或是苦难，在灵魂深处的天平，都在做着最真实的考量。森林能否重新焕发新绿，那些消失在脑海中的过往，能否重现人间，就看我们如何告别这尘世的琐碎与喧嚣。

（选自《星星·散文诗》2018 年 9 月）

大河汤汤

_张生祥

  是的，当我说起大河，从祖国佩戴的那条永恒而闪亮的波涛项链开始。从逶迤而来的银色冲击开始。大河的骨骼，坚硬无比，从不弱于巍巍河岸上，万年矗立的古色石头。

  是的，石头色彩是分级的。最核心的应该是被水的时光浸泡的不朽。它深藏于天地元始。从刀耕火种，奔波于荒蛮。那时，肌肤以太阳为色，毛发以星夜为梳。岁月的轮廓，在水的滋润里，汪洋呈现。河水汤汤，流过的草木，在盈盈的芦花中。芦花荡过原野，行走的人，以水为荣，与水为舞，伴着火的图腾。在鸟兽的嘶鸣中，被供养成神话。

  水路无疑是生命开天辟地的壮举。剥离女娲补天的传说，脚印更加有说服的力量。水花走过的地方，风就能留下痕迹。一些事物在水中打磨，分出高峰与低谷。一些事物经过水的过渡，分出长度与宽度。

  水的温度，来自于生命最初的渴望。干涸不是固有的模式，水分离出血与泪的浓度。

  是的，当我说起大河。从未有绝决的水声告别我的视线。比如我的姓氏，它充满水的机理。大河汤汤，无数的子民，都从水的滔滔里涌向人间。他们身上都披着彩霞与关于河的符号，这些符号不缺棱角。但是弯曲，正如行走的路径，除了崎岖，还有习惯于手足间直角的拐点。

  水之盈盈。天之彻彻。比梦更远的地方，辽阔绮丽。宇宙在世外，水在世内。万物被水讴歌，水也讴歌着万物。天地玄黄，轮回于水。

  水的指尖在拨动，于我们，以信仰的力量，眺望水。苍茫里，借水的激扬，迸发万千水的能量，感受大河。

一种汹涌正如约而来。

(选自《闽北日报》2018年9月17日)

长河传奇

— 张晓林

白鸢鸟已飞越碧水,飞越冰雪长廊……
云一样的飘逸和观音一样的慈悲,在三月,如同春汛,漫溢而来。
它的存在,比一生久。比梦想,温暖。

干枝被折断。
风被绿透。
枯黄的草甸,此时,瞬间化为乌有。
绿,像野马一样奔腾的绿浪,沿着大沽河流域,席卷而来。

头向后仰,枝青叶绿的白杨板栗,照亮了——
千里鹰飞……
柔柔的风和彻骨的暖,用美,用鸟羽,书写大地之诗!

在安详之家国,
世世代代的儿孙抱着安宁,忍着热泪,一点一滴,与长河蓝天,日月牛羊,
不离不弃,生死相依!

我们的河,

在最后一场糁雪消融之后，日益肃穆，辽阔起来。

而后，我们和风，瞬间看到了
地球的转动……

（选自《大沽河》2018 年第 1 期）

坐在往事里看村庄

_乔书彦

早些年，我在门口栽种了白玉兰、枣树、香椿和葡萄，等到它们开花结果时，我却在八百里外的长江边安家落户。

家乡，成了远方。

时隔三十年，我回到村庄，就像抵达一幅旧画，坐在树荫里，内心安静、平淡。两只燕子飞过房檐，犹如穿云而过的心事，落在野花上。门打开了，提篮而入的人正值豆蔻年华。

炊烟远远近近，是村庄的背景。

道路的另一头，渡口因大桥而废弃，石阶斑驳，青苔寂寞，曾经有一位女孩，笑得很甜。少年跑过来，朝着半空挥了一鞭子，羊群在前头跑，少年在奔跑中长大，稍后，他会乘中巴车离去。在青山之外的城市，长大后的少年知道该朝哪个方向拐弯，也知道回来看望亲人。

我朝着晚霞看过去，恍如看到祖母的笑脸。

（选自《散文诗》2018 年 2 月）

童话的冬天

_云子

初雪,小小的雪花,梅花的子民,一夜间到来,比鸽子的情歌还要缠绵。憔悴了的脸不再憔悴,梅花正绽如叙说……我的诗也晶莹起来,绕着你的身影飞来飞去。该开放的一定纯洁,该憧憬的一定美丽!

这些冬天的姑娘,常在你的眼里潮湿成风景。你睫毛下,是童话的窗子。鸽子过来了,你的心弦上,有没有温暖的曲调?

(选自《剑南文学》2018年第12期)

新与旧的无与伦比

_葛道吉

　　修旧复古在当下成了一种时髦。

　　特殊环境下耀眼的人文装点，古、旧甚或残片反而光芒四射。物质有不灭之定律，然风雨雷电加之恒久时间的侵蚀，加之人为恶作剧的肢解分离，原貌成为想象。在不灭定律的支持下，生产加工出崭新的古旧，尽管有了点久远的味道，但是终为不能惟妙惟肖创造出日照风蚀的本真而苦恼。

　　在古镇，我不想去探究青砖的旧与新，不想去强作深沉拍照留影。我会面对一堵残墙，我会踏上溜光凹陷了的滑腻青石，臆想昔日的景光。规规整整的街面，两旁店铺陈列，一律黑旧深邃。大多板门紧锁。有电锯尖锐聒耳声从门缝挤出，在冷落了的古街飘荡。主人想好了，一旦古镇复活，店面投用便是自然。

　　阳光在深秋的上午表现出利落，把高处瓦缝中赫然招摇的褐灰色瓦星镀上亮光，一闪一闪炫耀。它在盼水吗？有风徐来，它不为所动。原来，它是在抗议，公路铁路交通的原因，从此没再听到基因里熟悉的纤夫之歌，更看不到纤夫健硕的体格。码头失却了繁茂，铁锚在泥土里与锈迹做伴。喧闹的街面门店清冷清闲到遗忘的边缘，难怪瓦星也读懂了招商的含义。

　　行走在历史的深巷里，行走在无边的冷落和寂寞里，这眼前生发光芒间或的古旧，这眼前古旧的创造复制与粘贴，不时在冲撞着现实的思维：牛鼻子在哪儿？旧色凝重的房檐，配上大红灯笼的映照，和太阳媲美，就黯淡失色了，显摆出泛白的沧桑在灯笼上晃荡。隔壁耐不住时光的冷落，现代化建筑赫然耸立，挂了瓷砖的墙壁，通透的落地铝合金门窗，配之时髦的华丽窗帘，古镇出现当代流行之风。

　　在古旧与现代的冷落融合里，无与伦比地清晰。

（选自《河南日报》2018年1月10日）

花好月圆

_马原

燕儿双飞，陌上柳色青。

白纱裙，白玫瑰，她冰肌玉骨，好似月中仙。

家姐婚礼是西式，新娘手中的捧花最后要抛出去，谁接到，便有好姻缘。

伴娘团均是大龄女青年，个个扬言今年要嫁出去。花束却偏偏砸中了她，默默立于角落的小妹。她骇笑，忙向伴娘团姐姐们解释，一众姑娘们笑闹不已，吸引了宾客目光。

婚礼结束，新人送客，她埋头收拾会场。抬眼，竟迎上一双漂亮的眼睛。

少年斯文俊秀，是男方家小表弟。

二人年纪相若，聊得好投机。

不远处，新人夫妇正窃窃耳语，好一对璧人。

她垂首，手中的捧花也抵不过娇羞笑颜。

（选自《星星·散文诗》2018年第9期）

白杨

_张敏华

  在河边,我的目光随一棵棵白杨远去,夕阳生动着鸟巢。星光下,我注定像白杨一样活着,注定像白杨一样被人遗忘。
  有谁还会注意黑夜里的白杨?在郊外,一棵棵白杨改变着四季的颜色。
  这里仍然荒凉,夜晚沉默着河水。当黎明举起一棵棵白杨,我听到大地战栗的心跳,这低语的风,这自身的欢乐——
  在寒冷的虚空中触摸白杨,像我带着爱触摸自己的身躯。在白杨最初的话语里,在白杨慈爱的目光中我长出嫩芽。

(选自《星星·散文诗》2018年第10期)

村庄

_湖南锈才

日子咳出一团团的炊烟,那是村庄的信息发射塔。
阳光是纯金的。
蒸水河是纯银的。
初春,村庄用桃花李花做头饰;暮春,扯起一块块的油菜花做衣裳。黄得晃眼。有蜜蜂在演奏小型音乐会。
夜色覆盖我的膀子村。星光存在巨大的秘密和悬疑。
那棵百年古枫上的鸟窝和鸟宝宝,来自哪里?
夏夜有人在村庄念经。有人看到瓜棚上一个红脑壳鬼,扑通一声,砸碎一池星星和传说。
奶奶的蒲叶扇摇着摇着,摇出了鼾声。
月亮烂醉如泥,细伢子抖着薄被,不知嘟囔着什么。
村庄和娃儿同时伸了一下懒腰。

(选自《上海诗人》2018 年第 4 期)

在印度洋赤道南方 8 度

_孙松铭

在一个五千平方公里的菱形椰岛上，每天有 470 架飞机准时停落，机舱内驰骋着对海滩的想象——黑色的沙滩，银色的沙滩，粉红色的沙滩。而我选择在印度洋赤道南方 8 度降落，我愿是这里的一滴水——圣泉的水。

是时空凝固的一朵浪花，是幸运之神的一个脚印，巴厘岛，一尾搁浅的黄鳍鲳，阳光创作出夏季，雨水让城市退后数十里，沙滩落满起搏器，把摄像机架在浪尖上，长镜头推过来，再推过来，把一张张合影贴在金色海岸。

沙的联盟、水的联盟、蓝的联盟，人的联盟，天水人的道场，海天一色——水洗的蓝，一蓝无余，世界上唯有大海种植：会跳舞的花。根相连，手相牵，共生共死，自然的共鸣，充盈在心灵的呼应里。这里，离天堂最近，离尘嚣最远。

沙里有火山的汗液，水中有太阳的体温。自然轮回，天地响应。海水与沙相濡以沫，说不完的情话。一吻，情意绵绵；再吻，地久天长。在乌鲁瓦图断崖，恋人们，许下山誓海盟，脉脉含情。悦了容颜，醉了流年。对于爱情，其实不必信誓旦旦。做一回雕刻艺人可好？心中有爱，雕出心；心中有情，刻出花。

（选自《澳门月刊》文学版 2018 年冬季号）

等待

_吴锦雄

　　我在季节的流转之外,守候一个春天的承诺。任那暖尽寒来,坚守着一隅圣洁的雪地。
　　仿佛一个艰辛的宿命,仿佛一个离奇的神谕。
　　变幻莫测的云霞,在我雪亮的眼睛中,只是一种永恒的玫瑰红。蛊惑了整个动荡的青春。
　　我想飞上天空,跨过鹊桥,进入梦想的伊甸园。
　　岁月的长河不留我的背影,而飞扬的雪却染白了我的头发。

（选自《中国作家》2018年第9期）

母亲

_纳 兰

  母亲。一所房子。
  我的暂居之地。避难所。一件只穿一次，就再也不合身的衣裳。一生只有一次，在母腹的河流中，漂浮如一片树叶。一生只有 300 天，我与此世界隔着一个人的距离。
  我诞生的时候，
  一颗心被掰开了一半。
  她曾像一座寺院一样，而我是她体内的钟声。
  背负母亲的时候，我成了蜗牛。
  像蜗牛一样背着自己的房子，不离不弃。
  倦鸟知还时，
  大地是另一个鸟巢。另一件恒久的衣裳。

（选自《星星·散文诗》2018 年第 7 期）

颤抖

_董喜阳

天气预报说今夜有雪,我心疼了。

不是怕雪占有了冬天的身子,而是一场迟来的雪,总是令夕阳很尴尬。

从早上到黄昏,严肃的雪上总是有父亲尴尬的脚步。

河流私下很不安静,总是对外面的世界议论纷纷。

大雪在心理上把冬天出卖,冬天在生理上把我出卖。影子在大雪里埋伏,站立在风的对面扮演想家的角色。

索性掬一捧温暖的雪,安放在距离灵魂最近的心口——阳光粗糙得可爱。

冬天就被照耀得颤抖了几下。

(选自《散文诗》2018年第8期"新锐"专栏)

大风之夜

_任浩

大风之夜。
睡梦，抖落。
一场虚幻的演绎。
风，正努力地撕扯着黄河贴身的袍服。

走出，再一次置身赤裸裸的深沉，命运的穹窿。无法洞悉的眼睛，只有呼啸的雨箭穿心而过。

怀揣爱你之心，摇睡熟视又陌生的自己，黯淡的腔体。缓缓步入这肋条上唯一的光晕。

亘古的戏文，毋须翻唱。一切道具，皆成斑驳。唯一一段鲜活的誓言留白。
万物随后又遁入更为冗长的判词。

（选自《奔流》2008 年第 8 期）

砚

_潘新日

谁说呀！一池春水时，脸黑的墨锭心藏诗经，让汉字们在春风中走读中国。

固然铁石心肠，也被墨磨得软了性子。

阳光如初，砚石安静于书香门第，窗外的桃花开了，厅堂里，可见书生，灯影，荡漾一江墨香。

名望所归时，砚是大户人家的童子，满庭的烛火点不亮一院书香。月光越瘦，寒门的雪越白。

难得，砚被后人传承，泉水未干。

长衫不再，敞亮的心百花盛开，香飘十里。

千年不枯，尽显儒雅之风。

三百年前，你是进京的举子，三百年后，你是个人的典藏，心存幻想。

多好啊！横穿了几个朝代，不枉是读书人的王，砚是跳龙门最短的台阶。

宫廷也罢，茅屋也罢，从不嫌弃，均为天下书。

砚台初心繁扰，不忘十年寒窗，不忘耕读传家。

纵使不再赶考，砚守一方，飞扬的文采也填不满巴掌大的湖水。

砚是纸、笔、墨至亲的兄弟，汉字为军时，组成奔放的河流，当历史成为黄叶，还依然固守着你小小的国。

（选自《长丰报》2018 年 1 月 11 日）

沉寂

_邵超

那么多，密密匝匝的。蚂蚁们聚在一起，在干什么？游行，聊天，吵闹，嬉戏，歌唱，赶庙会，还是在跳广场舞……这个王国一定喧嚣而又热闹，可惜我听不到。

月光在夜幕下倾泻，一如瀑布。却不知有多少个三千丈，苍穹之下都是飞流直下的声音。仰着脸，侧着耳，屏气凝神，可惜我听不到。

骏马在草原上驰骋。嘶鸣一定嘹亮高亢，蹄音一定惊心动魄。草原太广阔太空旷，空旷得只能让一个人，站在远方遥望。嘶鸣和蹄音一定在呼唤我，可惜我听不到。

所有微妙都躲在沉寂里，所有神奇都藏在沉寂里，所有喧嚣都隐在沉寂里……

就这样，我跌入了一个沉寂的境地。

不能窒息，我要冲出去！冲出去，去拥抱尖叫的蚂蚁，去沐浴倾泻的月光，去驾驭嘶鸣的骏马。

(选自《星星·散文诗》2018 年第 2 期)

高铁满载阳光

_赵克红

高铁满载阳光,迈开三百多公里时速的脚步,在金秋的大地上徜徉,风声穿透了云层,我的心如花朵温暖绽放。

诗情驰骋,想象飞升,高铁风驰电掣,惬意地扇动梦想的翅膀,峡谷与河流静静匍匐,城市和乡村一闪而过。

爱与被爱一路重叠,满足和向往准确同步,梦想和现实飞速转换,希望与自信同时抵达,迎着金色的阳光,一切美好都变得伸手可触,心中的满足悄然吐蕊。

两条长长的钢轨,如同我延伸的目光,呼啸的幸福扑面而来,甜蜜在心头发酵,喜悦在车厢里弥漫,一段旅途就是一次重复的初恋。

到站了,车窗外暖意包裹的祥瑞,如初生婴儿惬意酣睡。

列车员报站的嗓音,听起来似乎浸透乡音,故园在站台上,急切的归心已化作枕边呢喃。

(选自《人民铁道报》2018年9月27日)

石嘴山（选节）

_叶晓燕

1

东是黄河。
西是贺兰。
山与水交汇、熔铸在一点，尖石凸起如巨口，石嘴山——
一个遒劲的人字刻在河套平原，西域的风吹了万年，黄沙扬起又落下。
马蹄疾，驼铃响。
葡萄枸杞开道，石榴花殷红似火，塞上明珠的柔光点亮了丝路的沉沉夜色，肥沃，丰腴，石嘴山所在的平原一隅，似有无穷无尽的生命力等待被挖掘，等待被锻造。

2

我曾远眺黄河，褶褶皱皱，起起伏伏，绵延不绝的黄河。
水混着泥，一笔一画，刻下千沟万壑。
黄河蹙眉，像是一位亟待分娩的母亲。阵痛过后，新的石嘴山呱呱落地。
地下，黑色的玉露琼浆沉睡了千年，终于被新中国的礼炮声唤醒
一颗小型的能量源就此发芽、生根。
要有热，要有光，要用轰隆隆的机械臂刺穿层层黄土。

枕木架起来，铁路铺过来，贺兰山下，能量顺着交通脉络长驱直入。

　　由地下到地上，一车车的黑煤乖巧地排队等待被送出，憧憬着被开发、期待着被燃烧，黑眉黑眼闪着希望的油光。

　　第一吨煤、第一度电、第一炉钢铁……

　　河水浩浩汤汤，一座煤炭托起的新城拔地而起。

　　不夜之城的矿山，高原之巅的水坝、电站，那高大耸立的厂房，该是时代音响的协奏曲。

　　石嘴山的摇篮筐，晃晃悠悠，摇出了宁夏工业的童年。

（选自《塞上散文诗》2018年第2期）

断章与碎片

_王宏雷

　　地面之上看不懂的精彩，早晚都将回归泥土，被蚯蚓细细咀嚼。咀嚼什么呢？一些故事的开头与结尾。

　　海岸，因一处曲折，才诞生一方宁静的港湾，犹如一次疼痛的隐去，徒留一片生命的安然。

　　石像，不是因为自己被雕刻成佛，才千年不朽，而是因为自己本就是一块石头。

　　向一朵云询问思想，不如去问草间的露水，它能讲一河的故事。向一根叶脉询问意义，不如去问土里的根，那里有更长远深沉的答案。

　　远行的念头，早已苍老成一棵天边的白杨，默默地伫立在一条没有尽头的长路上，而我，始终没有启程。

　　能给这个世界留下点什么，死亡便不再可怕。真正惧怕的不是死亡，而是生命的彻底消失。没事的时候，我喜欢写点文字，存好，等我死了，它们可以替我活着。

不管生活的意义在枝叶间隐藏多深，终将在一枚红透的果子里显露。

一个人说得最多的地方，往往是最自卑的地方。所以，我不停地用笔诉说着我生命的分量。

（选自《中原》2018年第3期）

兴城，诗意古城

_ 北城

在中国，保留最完整的古代城池，仅剩四座。宁远古城就是其中一座。

在兴城，我翻开这部厚重的历史，穿过风雨、硝烟……

城基，一条条青石垒起了坚实与庄重；青砖、巨石、夯土筑成威严与刚正。

高瞻远瞩，运筹帷幄于箭楼之上；四角炮楼，红夷大炮的一声巨响，改写了一个王朝。

钟鼓楼上巍峨，十字街心中正。战时擂鼓冲锋，平日报晓庚辰。

四望：东春和西永宁，南延辉北威远，门通九州。

烽烟，在线装的史书里，隐隐约约。

古城内外的故事，遗落在草丛深处、在残砖断瓦之间、在凌空飞架的仰视中。

瞩目深思，在文字的另一端，把江山看遍。

露出伟大民族不可撼动的脊梁。

钟鼓楼上听风雨，目光把坎坷碾成一条笔直的路。

在旧时光里行走，扶起文字之外的风景。

用590年的时光，唤醒文字背面的智慧和财富，窖藏成酒。

文庙，虔诚。

海滨，礁石突兀，潮稳波清，浪花轻唤游人。

绿荫蔽日，激情与活力之间，我嗅到了生命的辽阔。

有多少传奇在亭台楼阁间隐没，古色古香的匾额上，多少心愿，一笔道破。

泡在唐皋诗里的温泉，用历史的温度疗养岁月的伤。

菊花岛上，背倚古树，闭目聆听诗画间的古韵，心旷神怡。

首山顶上烽火，点燃寺庙香烟，祈祷盛世平安，放眼诗意山水，醉！

入夜，华灯闪烁，才从这部厚重的史书中返回。

兴城：让历史昭示未来，让繁华与兴旺告慰历史。

向东风问路，砥砺前行的古城，熠熠生辉。

今天，以古城为封面，以历史、人文和自然做经纬，共著宁远新华章。

（选自《城头山文学》2018年第8期）

自由的云

_ 陈俊

我相信一朵云的变化、选择、方位、姿势、情感都是自由的，相信它的飞翔是遵从内心的召唤。

但它决不涣散、眩惑。

它依恋天空，无拘无束。又乐于俯身大地，从低处起跳。有时也缠绕山林、大海、云峰。总是用一些温暖的小碎步、小絮叨包裹峡谷山巅、江畔湖面，使自己的小性子耐看，朦胧，水灵灵，湿漉漉，不至慌张，张弛有度。

它从细叶中浅草中站起，舒张身体，在清晨或傍晚更加迷人。

它倏忽来去，率性而为，从容不迫，在天空与大地间自渡渡人，在峭壁悬崖前面不改色。

一切缘于心动，随风而起，随风而息。一颗飘荡的心涌动不停。

与时间对峙，不慌不忙，长天厚土，大地辽阔。

一会儿是老虎，一会儿是豹子，一会儿是羊，一会儿是小白兔，万类都在其中，万象都在其中。

它的行走无迹可寻，变化万端而不刻意。

它不怕消失，它在走过的路上，留下一片无言的曼妙。而在寂静的一刻，捧出一身高贵无比的洁白。

(选自《伊犁晚报·天马散文诗专页》2018年2月12日)

东大门·石码头

_陈惠芳

资水像什么？像一根带子。脐带，纽带，飘带。

益阳是一枚银扣子，别在资水的衣襟上。

高速公路，飞驰的时间。慢生活的人，会不会停留在用水浇灌的古益阳？

湘、资、沅、澧。江水与人类一波一波地涌现，从不歇息。

资水上游的货船，浩浩荡荡闯洞庭，不信邪的宝古佬与梅山蛮，却迷失在河湖港汊中。

益阳人站了出来。益阳成了航标灯，成了驿站。

毛板船横空出世。不经抛光油漆的白坯船，像一个不用形容词的动词。

千家洲，青龙洲，萝卜洲……

大码头，石码头，向家码头……

头堡，二堡，三堡……

十五里麻石街，"九宫十八庙"。炊烟与香火同时升起。大佬、船工、香客、散户，形形色色的人群，从水里到岸边，从晨晖到夕照。

  铁打的宝庆、银铸的益阳、纸糊的长沙。曾经的说法，源于口，止于口。

  沧海桑田。简牍、纸片、电子版、U盘……因水而生的益阳，不会随水而逝。

（选自《散文诗》2018年第10期）

格桑花开的幸福（节选）

_ 商野

三

  啊！格桑，格桑，你油然生香！

  吸纳着太阳的七彩之光，雨露的低音回响。消融、生花之后，再用周身的圣光，泽笼海拔万千的生灵。

  桀骜的"梅朵"，不畏冰刀酷寒，不畏奇峰峻险。

  你总是以自身的柔小、坚韧，抗拒着极巅的雪域风霜。高原上的长鹰，这个黑夜的同谋者，只会借助风的威力，啄食垂死的腹脏。

  唤起冰山的融水，洗濯涤荡插入污泥的双手，掌着作揖的虔诚。在修行的途中，皈依未就的我，寻着格桑花的芬芳，一路跪拜而来。

  身处人世间，还有谁不热切渴望着，同携共守一路的——正是格桑花开，香弥漫山的幸福呢？！

四

亘远的传说之中,如能觅到"八瓣心形"的梅朵,定会适逢一场命定的良缘,并能安然摆脱劫难。

虔诚守护着,满山的格桑哟,更是为了人类免于一场病魔的毒侵。

昼夜焚身、满满随风盛放开来,用优异的花香、精制成奇药;荡清着芸芸红尘,拯救了大千世界。

为挣脱宿命的窠臼,还圣徒般尝试着,双手擎起漫野的格桑花。

噢!经年以来,反复修习着诵经、打坐,朝夕沉醉?只为,格桑一季的幸福花开;我用一生的虔诚,祈盼满世的福音!

(选自《灵秀师苑风》微刊 2018 年 6 月 16 日)

森林杀手

_李志亮

猪笼草开着。袋状花散发着一种幽幽的异香,还有一种倾城的颜色,十分诱人。

斜阳中有一只蝴蝶在飞,薄翅闪着光芒。心中只有爱偷香,常是为花忙。

蓦地,蝴蝶看到猪笼草的美丽并射出馥馥香气,飞入它的怀抱里。蓦地,它放射出一种酶素,慢慢地将其杀死……

在森林之中,大千世界无奇不有。生命与生态契合的自然之源走着动植物各自的漫长迷人眼目的一生。

(选自《散文诗世界》2018 年第 6 期)

时光在，你就在（节选）

_贾文华

三

一直憧憬，在曲径通幽的小桥上生活。上通飞檐漏窗的繁星点点，下接流水依依的深黛色。

任蝌蚪们围裹，好比撒娇的天使，纷纷舔我泛痒的脚踝。夕照朵朵浏览河埠，沿船鼻子绽放，瞬间痴迷我。

那时，丝绸般精薄的斜阳，正低低拂我前额。所有啁啾，都在鸬鹚的舌尖搁着。暂时不播放，诱惑鱼们的歌。

我喜欢远眺，仅在那会儿，浮出马头墙的酒窝。

多年后，这次邂逅，成为无解的婀娜。惊雷绕着走，梅雨躲着过。

江南，以每一秒的娴静与润泽，拓展我波澜不惊的落寞。

还有你的传说。

（选自《广安文艺》2018年第27期）

烈日灼心（节选）

_孟甲龙

三

　　背叛土地的高脚楼插入眼眶，毒虫漫步在走廊，母亲没有追逐它们，我也不躁动，和垂体旁的良性肿瘤一起游弋旷野，一起走进伊甸园。
　　用青花碗赡养猫、老鼠、长蛇、蜈蚣和儿子；用泪水给父亲的农具洗澡；用果脯、啤酒、鹿肉安慰流浪人。
　　尘埃折射出复活的伊索寓言，和天下人通信，子夜的霓裳脱落以后，清澈露珠必将灼伤我的眼球。
　　惊慌流窜的星子只会安居在羔羊出生时的木槽，比如我，只会安居在一尘不染的墓地，或半亩方塘。
　　蛰伏于白色画板的天光云影，照亮了游子回家的路。
　　让月光暴晒玉米粉和高粱籽。
　　星辰和呓语藏在词本，银簪以嫁妆的名义被人供奉，屠戮时光二十四遍，我才爱上遒劲风声和温柔的雨，并和枯叶拥吻。
　　墙上的油画里一群马在歌颂森林，决绝者摘下野果喂养它们，顺势而为温习了进化论，不再惧怕贫困。
　　我脱下流苏裙与守夜人交谈无神论、色欲、创世记，交谈冰川时代，交谈村里八个光棍的未来。
　　要么戴上面具隐居在浅黄弹壳，要么和狐狸一起睡在木桌，沉沦着呻吟，沉沦着长大。

我的卡带里只有浓烈乡愁,在子规的喉咙上演游子吟,最后回归于家的副本。

铅笔在书桌上等待主人,续写《石头记》和"今宵酒醒何处,杨柳岸、晓风残月"。

(选自《散文诗世界》2018年第8期)

六家巷

_姜华

很久以前,这里住了6户人家,故名。

后来住的人家就多了,再后来又少了。现在,基本上没有了。

一条逼仄的小巷,故事却宽阔、畅亮、恒久。

陡峭的欲望,每日沿着石阶,一阶一阶向上攀登。那些西汉时从山里运来的条石,大部分已经沧桑、磨损、风化。石头上2000多年前凿下的伤口,天一变浑身都疼。

疼过了,也就忘了。

那位下河上来,会唱花鼓调的女子,已老得忘记了故乡。她每日坐在吊脚楼上,像一支枯萎的花。

住在巷子里的人,常年深居简出。他们把刀子藏进衣袖,像这个巷子的籍贯一样神秘。

做米酒的刘家,弹棉花的赵家,打炕炕馍的姜家,染布的欧阳家,刻章的李家和驾船的牛家,手艺早就失传了。

他们的后人,看不上祖宗的绝活。他们不善说下河方言,只会说鼻音很重的土著普通话。

汉江从巷前流过,巷后旬河环绕,几百年似忽一晃,就流过去了。

六家巷，老街坊们也都快忘了。

当有游客问起，都用左手指着汉江说：下河的，下河的。下河就是下游。在湖广，或更远的南方。

（选自《散文诗世界》2018年第7期）

水稻

_阿土

如何在一场文字的盛宴里，将丰满的水稻带回家，在清香的案几上进行供奉？

那些行走在田野的人物，我要用怎样的纸才能画清他们的模样，在表情中添加我的敬意？

风，在又高又远的地方叩着柴门，叩响一个季节最美的童话。

美人伸出的手指，千娇百媚的手指，怎及我乡亲的用力一握，便将成袋的稻谷从容地扛上肩膀，也将我从现实的生活中，抛上了已驶入遥远的牛车！

或许，我也可以成为一粒硕大的稻谷，在乡村的道路上奔跑，向大地躬下娇生惯养的身体。

我是应该拾起一个农民的尊严，向所有的劳动者致敬，向所有的庄稼示爱，祈求被我遗弃的村庄原谅！

十月，当我转动惊醒的身体，一株金黄的水稻，就向我释出了全部的善意！

（选自《散文诗》2018年第10期）

秋日午后

_杨建虎

突然感到了某种少有的恬静!

初秋微凉的午后,故乡小院里装满了干净的阳光,从县城中心广场传来的秦腔,安抚世间所有的苍凉。

漫长的旅程中,我们都在试图燃烧梦想,从一个季节到另一个季节,我们都愿充当光明的使者。

当风从河边吹来,有一些沉重的骨头,开始敲打我微凉的心头。无形的墙壁上,有无穷无尽的潮湿和苦涩。

一年来的心事如起皱的水面。秋日午后,就让我守住内心的词语,好让一张白纸留下蝴蝶翻飞的片片痕迹……

(选自《散文诗》2018年第10期)

滑台故土，我寄养了一杯乡愁

_丁济民

卫河北去，蜿蜒在深厚的大地，安身立命。

蓝天，用一朵朵的白云，接纳了潋滟秋水往顾的眺望。

过往的风，捎走了多年历史的煌煌滑台与幢幢人影。

一叠波澜，一尾鱼，不理睬尘世的磕磕碰碰，在无拘无束的散漫中，放浪，又独自晶莹。

流水与岁月的相望中，惊动了沧桑尘世；山川与季节牵手，也收纳了大地的勃动。

岁月带走了人间的暗疾，白云与流水风流倜傥，情侣般敞开自己，顺从了自然与印证的使命，曼妙而又丰润的水声，刷新了天地的辽阔，收藏了滑台秘境，让纸上的颂词多余得无所适从。

这流水潺潺的故土啊，寄养了我一杯乡愁。一轮拔地而起的日出，将无数往事的背影裹进霞色。

日子已散乱成经年的旧栅栏，挡不住与时俱进的风。

时间，引领了一匹匹秋风快马，让人一杯饮尽了时空与宿命。

（选自《中原散文诗》2018年第1期）

祖屋·父亲·母亲

_陈泗伟

　　曾经沧海，独对星空，遨游苍茫。面对我敬爱的老父亲，心中总有几分敬畏，几分关爱，心潮难平！
　　梦里曾祖母种的龙眼果熟了，橘子红了，石榴香了。
　　儿时的回忆常常萦绕心中，龙眼树下的尽情嬉戏，舂米厝间的艰辛舂米，还有灰町上的日作夜睡，米机厂的落难苦读……
　　时间仿佛倒流，父亲没有太多辉煌历史，但他命大福大！他是烈士陈步云的遗腹儿。
　　祖屋蕴藏有太多故事，有曾祖母的仗义疏财，有祖父的革命事迹，有上辈人的恩怨是非、悲欢离合，生老病死，荣辱功过。
　　这些似乎离我很近，又仿佛离我很远。
　　祖屋，给我印象最深的是庭院中那口永不枯竭的古井，井水清甜无比，四邻常来挑水回去吃，滋润了无数人。
　　小时，常常用井水淋身玩耍，更重要的是母亲靠那口井帮兄长们栽培豆芽菜出售，曾经养活了一家子。
　　那时，多愁善感的我，总喜欢看祖屋旁水沟里流动的浮萍，随风飘摇，那一刻，总有一双温暖的手抚摸在我头上，那是母亲慈祥的双手，母亲总会在我的耳边喃喃：孩子，远方还有梦！
　　慈母手中线，游子身上衣！山峰叠嶂，微蓝的纱幕下，父母亲将我们种植在清河绿洲，月光弹奏情思，河水诉说忧伤，我们几兄妹成了父母亲最大的寄托，自然，没有造作。他们种植了很久，才结得两颗，一枚很美，那是我，粉黛凝霜，不惧岁月婆娑，终于成长为一个作家诗人书画家；一枚更美，一个绚丽的流程，兄弟们都长成参天大树。

人生，如风云变幻无常，菩提无树，因缘宽恕。

（选自《散文诗人》2018 年总第 50 期）

向晚的钟声

_冷雪

比春更深。

北风越来越锋利，凛凛的寒，如晚冬阳光的阴影，侵袭着雪日渐模糊的双眼，持续倾听天籁。

持续地倾听，直至，血液发出海的咆哮。

海的咆哮，惊醒了雪的幽梦。

是在雪中展开的双翅，却拒绝飞翔。

行走的方向，不断暗隐，不停起伏，如心的律动。

时光，慢慢散去，而我，坚持着最后站立的姿势，不让蓝天发现。

蓝天发现，雪与阳光的最终交合。

炊烟，萦绕。

唯一的天高水长，向晚的钟声，弥漫，无尽的弥漫……

（选自《核桃源》2018 年第 1 期）

长安酒肆

_王琪

从睡梦中醒来，酒香还在。

从屋檐下逃离，烛火与经卷还在。

长安不灭的灯市之上，白日留下的尘嚣，伴杂着靡靡之音，由十里长街传递给了寻常巷陌。

酒瓶空置，杯盘狼藉。食客那副醉相，分明是几颗残星、一枚弯月也不能扶起。

在凉风渐起的日子，他因何饮酒当歌，沉湎酒盅，决意要在一条万古不归的路上，手执利剑，远走天涯？

人生如山势陡峭。重重心事，度不过古丝路上的迢迢征途。

英雄顶天立地、威震河山的气概，从来就没有消失过。要和美酒与美人相伴，还为时尚早；深藏胸腔的铮铮誓言，还未实现。

酒事正酣，一首风中的辞令就被万物谈及，为虫鸣所唱诵。

在悲壮的词眼里，骑马绝尘而去的那个人，在千里古道留下的身影，如此悠长——在月亮湾，我写下⋯⋯

一杯下肚，暖了肠胃，热了身子；两杯下肚，舌尖跳跃，心志明亮；而当三杯下肚，血脉顿时贲张，藏在体内的万马——咆哮而来！

琼浆玉液，透过琥珀色的光线，在杯中轻轻荡漾。我由此追寻到一段关于诗酒，在久远年月里的神奇传说。

不能以歌替代，不能在欢颜俱进的时刻忘记消逝的温情，不能让停留在唇边的醇香与绵长成为过往，不能⋯⋯

我要从眼前的《诗经》，从《楚辞》，从《本草纲目》看到酒的脉络与踪迹。

高粱、玉米、大豆,历经发酵、蒸馏、窖藏,穿越不见天日的风雨岁月之后,与我们在相聚与分别时,紧紧相握!

酒杯频频举来,仿佛相逢时的喜悦,只有酒才能诉说与表述。而一腔愁怨,也仿佛只有酒,才能饮尽那份难言的孤苦与忧伤。

千年陈酿,万古思情。

我一直以为,它盛装着一樽酒的美名,溢满了月亮湾更远的广袤山川与温柔月色。

(选自《青岛文学》2018年第8期)

红砖文化馆

_蔡飞跃

在一爿红砖古厝之中,上端蜂窠样的那一座,吸引千万双目光。

那是红砖窑。

泉州古厝承袭五代皇宫格局,"红砖、白石、燕尾脊"的形制,象征典雅与尊贵。

红砖在砖窑里烧制。虎石村遗存的砖窑始于明代,或称隆庆窑,刚刚辟为红砖文化馆。

跨过门槛,按一按五福临门的手掌印,仿佛幸运悄然降临。

红墙砖、瓦当、瓦筒,一件件"虎石红",工艺精湛高超。水瓮、灯笼、熨斗、吼狮、大食蚁兽、鱼……确实更高端。在玻璃展示柜前一次次注目,震撼之后,又有一波震撼。

水瓮已停止盛水,绵长的日子依然流淌,时空在信步中穿越。橘红色的窑壁,折射出500多年前的熊熊窑火,隐现着取土、晒干过筛、和炼稠泥、制坯、入窑烧制、冷却出窑的匠人忙碌的身影……模具仍旧坚固,向更深的记忆传递不老的工匠精神。柴火锻烧的"虎石红",隐喻着坚忍,成为村人吉祥的图腾。

足音,贴着有硬度的砖窑而来,我的心却控制不住地柔软。大年初三的红砖记忆,我如获至宝收藏。

(选自《散文诗世界》2018年第4期)

辑四　网风的馨香

异客

_周庆荣

向远处望的时候，土地辽阔。

说起距离，人生正遇到新的陌生。你走向远方，就是异客？

什么样的千山万水才能赶上你的心跳？

这跳动的爱注定你不会轻易地自外于世界的每一个角落，你是花园的主人，是园丁。你不会因为天空的大而忽略一朵花和一叶草的小。

异客的感觉缘于篱笆的不断涌现。

小鸟的嘴衔着主权任意地飞，当主人是鸟的时候，你发现自己无论走到哪里，你都是异客。

你要做弄潮儿？你是茫茫大海上的异客；

你愿意去拓荒？你是鸟眼里的流浪者。

可是啊，你看到鸟再次飞回，它是否是上次飞走的那一只？

候鸟追随温度，它不是土地的主人。

当你怀揣温暖，哪里能够让你冷？

异客，土地上流动的新生力量。他们所到之处，请称呼他们为亲人。

(选自"中国散文诗研究中心微信平台"2018年10月31日)

边野小镇

_ 郑小琼

去年被虫蚀,剩下一层往事
似锈,斑斑驳驳。沿着月光从国家的檐滴落下。
时间的乌舌头吐出乌桕,苦椿……一只乌鸦站在秃山上沙哑地笑着。

春天,已经在镇外:春暖花开。
岁月,在解冻的溪流间:出水芙蓉。

丁亥年间,多少红杏压低村间的传说。岁月已过甲子,春风吹动皇历。
多少先人从风走出来,他们的五官重新长出。
前代儒生,浆衣少妇。他回首,陨落了一些流星与时日。
安身立命的边野小镇,留下一生遗址在倒塌之中。

(选自"郑小琼新浪博客"2018年10月)

云龙山水

_箫风

云龙山,位于江苏徐州,为佛教名山之一。旧志云:山有云气,蜿蜒如龙。山之西麓有云龙湖,湖畔立苏公塔。苏东坡知徐时,曾盛赞云龙山水之美。

湖,依在山的怀中;
山,印在湖的心里。
云龙湖波光粼粼,低吟着千年缠绵的呓语;云龙山松涛阵阵,轻唱着万年不变的恋情。
山环水,水吻山。
游人在湖光中漫步,画舫在山影里穿行。山水相映,渲染出古城徐州色彩斑斓的诗意。

北坡苍松,南湖风荷。
东崖古寺,西岸烟柳。
阳刚之气蕴于山,柔媚之气藏于水。
刚柔相济的云龙山水呵,既具雄奇之魂,又兼秀美之韵,让人流连忘返,陶醉其中。
就连当年游兴正浓的东坡先生,如今也醉成了一方石刻,醉成了一湖塔影。

(选自"中国好散文诗"2018年8月散文诗界)

苍穹的姿态

_唐晓虹

　　看过无数房屋：大如宫殿，小像蚁穴；坚若磐石，柔似水母。苍穹之下，房屋一直依照自己的模样，给予万物一种空间的护佑。这种护佑，是一种有形的安宁。

　　万物在属于自己的空间，生长、繁衍、劳作、歌唱、舞蹈，尽显生命的顽强与美好！

　　其实，苍穹是一个更大的房屋。每一位行走的人、每一只飞翔的鸟、每一条游动的鱼、每一棵生长的树、每一朵盛开的花，等等，享受着没有边际的安宁和上下左右传递而来的幸福。

　　偶尔，苍穹也会制造旋风、巨涛和火焰，甚至瘟疫、甚至战争。于某个房屋，邪恶躲进阴暗的角落赶写悲伤的剧本，此刻，正义去了哪里？

　　好在，阳光总会带着和风来临，将世界照亮，将邪恶驱逐。房屋，各种各样硕大、微小、坚硬、柔软的空间，依然会伸出爱与慈善的手，细致地修缮曾经的毁损，永远呈现形护佑的姿态，将安宁和幸福给予苍穹之下、房屋之中的我们。

（选自"2018世界华文散文诗年选微信公众平台"）

烂泥（外一章）

_一舟

一摊烂泥，没有水泥的真情，没有石头的坚强，甚至不如牛粪可以把植物滋养。

它也有梦想，它有时模拟白云的形状，渴望飞到天上，有时被刺激，溅起的泥星，想在夜晚熠熠闪亮。

我用生命和热情，用尽一生的力量，捧起它，想让它融入耸入云端的大厦可烂泥糊不上墙，脚跟还未在墙壁站稳，它就拼命想贴在天穹上。

哗然脱落，它摔回到地上。

如今，它瘫在墙角，看蝼蚁在身边穿梭，几滴泪在心底结痂，悻悻地想起上墙时的风光。

花盆自语

你是栽在我心里的那朵花，你是根植我血脉里的那朵花。

因你的存在。我才有了意义。我的存在，都要为了你。你的影子，你的颤动。都是我的心律。

如果有一天，你变作鸟儿飞走了，我就掏空自己。长坐在一个屋檐下，去接天空的泪滴。

也许有一天，你凋萎了。干枯地落在我怀里。我就拥着你滚落，打碎自己，和你一起融入大地。

（选自"广东散文诗学会新浪博客"2018年12月）

恋蝶情结

_王志清

怎会是梦呢？
我也拥有了纷飞如花雨的恋花之蝶。
我宁可相信是庄子的梦，是梦着的庄子。
置身于西双版纳的蝶舞，我成了一个飞翔的梦，狂放无忌的梦，自行混同于浩瀚的美丽。

别样的阳光，纷纷扬扬地醉舞，不消我捕捉，便落我一身灿烂。
我也能灿灿烂烂地去爱和被爱而不在乎别人的喝彩还是谩骂吗？
善待人生，也善待缘分。
可是，我的花季总免不了要有忧郁来擦伤。
有一把五十弦的李商隐锦瑟就好了，在灿烂的日子里暴泄我困兽般的热燥。

如梦之蝶独恋于我。
我到了我的季节吗？
我似乎受到暗示：我生命的枝头上，也可以有能量毫不谦逊释放的生动。

版纳的黄昏尚未燃烧起神秘的情绪，便有济慈的夜莺在远方试音。
哦，恋我之蝶是梦还是非梦？

（选自《散文诗周刊》2018年10月7日）

我们的香山（节选）
——六十年友情聚首

_ 钟子美（香港）

首先是茶叙。且不去评论单丛或者类茶叶螃蟹脚的芬芳，春雨秋风通过杯沿聚集的记忆已足够回味。

六十年前，我们结缘在一片最美丽的林子里。我们每一个人都是一棵树，虽然幼小，枝丫骨骼却已长成各自的模样。以绿色的眼神，我们相互欣赏相互砥砺。六十年后，虽已披上秋风飒飒的斑斓，我们各自已长成骄傲的参天大树，各自带领着自己的林子，然而我们一眼就看出彼此原有枝丫骨骼的模样，青春不变，纯良不变。

我们之间的哲人如是说。

然后是中西合璧的午餐，艺术家主人精心烹饪的杰作。水果色拉的女声三重唱是前菜，却容许安哥。白饭的配菜，番杏科的水晶冰菜凉浸浸的诗句步韵着芦笋的鲜嫩，带着海风咸味的小鲍鱼是赋是骚是元曲？且进酒，加拿大的冰酒，北极雪下的葡萄甜润芳芬。鱼子酱，不一定是里海的，却充满俄罗斯风情，呼应着墙上俄罗斯名画中的伏特加。还有奥地利鹅肝酱的余味无穷……舌尖上几十年艺术品位的回旋。

而更难忘的，仍是席间絮絮叨叨的回忆，时代的缩影。

时代的烙印不容抹去，也无从抹去。
我们在巫山看过云，在太平洋看过海。我们有歌有泪。
现在一切都归于平静，甚至无为。
此刻，在音乐家的别墅里，我们有了我们的香山，白居易的香山，九老的香山,志趣相投的香山。

六十年在茶杯上重演,时不时加上注疏,香山式的清谈,远离世俗的感喟。

(选自"世界华人文化研究会微信平台"第9期2018年4月27日)

乡亲

__羊子

是清冽的鸟鸣播撒黎明的这一群山河。乡亲。是柔情的朝霞披覆停靠的肩头。

啊,乡亲。人类世界中每一个具体的人生长的这一片土壤。是沃土,是贫瘠,是培育,是托举的缕缕牵挂与期盼凝结的彩虹或者雨雪。

我的乡亲是我巡回现实更加深重的痛。

他们爱我,犹如我爱他们。

许多个日子被千篇一律的风吹落,埋葬在无法回忆的心思角落。乡亲和我。无法亲亲地围坐在一堆思念旺盛的篝火旁。月亮和我。一直流浪在乡亲的体温之外。咳嗽与幸福之外。

我从一个世界走向另一个世界。

怀里深深暖着一个温情:乡亲。

乡亲。每一层泥土中储藏着激动的泪花。每一粒种子,每一脉茎须,都延伸着祖先深深的祝福与期待。乡亲。以泉流,或梯田,以布谷鸟,或麦浪,以山歌,或吆喝,以花椒,或者苹果,以咂酒,或者微笑,记忆我的诗句,擦干我的汗水。向着昨天,向着明天,向着今天的分分秒秒。

时间好甜啊。乡亲。

(选自"广东散文诗学会微信平台"2018年5月12日)

石头之上的水滴

_地父

蜿蜒三千里路，只是掌纹上的一根情感线；无论长短，它比浮空的条云真实。

我们的相遇，是因为一个繁体的"爱"字。

一片雪白的羽毛，时空是心灵的故居，飘飞与栖息都是为了感恩；没有丝毫怨恨，不管何时都是无邪的婴儿。

一碗普通的紫薯粥，一棵绿茵茵的波菜，一曲云水之间的箫音，你都会用最柔软的部位去亲近。

同样吃着五谷六米，我为什么放不下一颗人世的纽扣？

你苦口婆心，劝我去做一棵菩提，说认识了自己就认识了人间；说爱能化解一切，要学会原谅自己的仇敌，就近于神仙。

神就是这样的吗？把鞋里的沙子当珍珠，将魔鬼看成犯下过错的孩子？

石头之上的水滴，是我们要效仿的天母……

（选自"散文诗周刊微信平台"2018年10月22日）

雨夜怀人书

_黄金明

　　狂风刮掉了门窗，刮掉了床榻，刮掉了你的睡衣，一直吹刮到你的心。你像一只塑料袋一张纸片想跟着狂风升上高空，但你渴望安静。你需要一万年乃至更漫长的岁月和比废铁矿更坚硬的寂静，让她的钟乳石在溶洞慢慢生长，让她的马群在夜草拔节的天穹下沉睡。

　　雨水敲打着铁皮屋顶。你的树冠像一把伞最终被暴雨撕裂。你渴望安静，你在树干之内雕琢着一幢木屋、一座庙宇和一座宫殿。但在风雨之中无法放稳第一块基石，你在狂风中几乎被抓住头发扯离了大地。风雨大作之夜，你想起她因为想你而几乎发疯。她的身体藏着利刃，这使她像刀鞘默不作声。你在风雨大作之夜，默诵《心经》，以平息她因为想你而几乎释放出那必将把身体撕裂的叉状闪电——也有过漫长而接近死寂的某段时日，核桃被自己的焦虑捏碎。铁钉被敲骨吸髓的红锈日夜腐蚀。也有不可一世的铁锤，被一股更大的力量锤击——

　　聊以为慰的是，沾着草木灰的土豆块茎，终以厚实之土，捂住了雷电的嫩芽。聊以为慰的是，她终于用一整夜平息了更年期积聚的怒意与暴力，那几乎是难以描述的海啸如今变成了有章可循的潮汐，波涛的节奏愈显缓慢而清晰。雨势逐渐减弱，如午夜中你请人弹奏的小夜曲。危机已去，在风雨之夜，你也像树根因每一片被摇撼的树叶而不安。你摇摇欲坠如风雨肆虐中的黄泥小屋。

　　即使秒针在哗变，你也得像时针那样忍耐和等待，等待黑夜中伸出一双安静的手去将风雨制止。你和她在两个不同的世界遭遇了同一场雨的开端与结束。你给她发微信语音，宛若耳语：在狂暴之中，也必有滴水穿石的缄默之力在生长，譬如蚁群凿空巨木，草根推翻黝黑巨石。

（选自"广东散文诗学会微信平台"2018年10月31日）

马头琴随想(节选)

_ 熊亮

1

琴弦颤动,我的泪摇落。
孤独的马,在风中昂首。
草原的暮色这次真的很浓,青山遁形长天无语,雨,倾盆!
琴声如长刀,吹断马的鬃毛。滚烫的泪水燃烧了草原的辽阔。
我的套马杆将毁去,密闭在一团火里,为马奶酒加温。
日夜兼程哦马头琴的音符,生生复活千万匹野马的精魂,我在马背上飞奔,我在马背上哭泣!

2

秋草染霜,霜白如玉。
圣洁的马头琴,盛满月下的草上最后一片霜的光芒。
骑士,飞驰;四野茫茫。
云在何方飘动昨日的旧梦?
嘹亮的歌声已然暗哑,你的马蹄踏破阴山的月牙,月落,失明。

3

陷落一座世外城池，仙乐在草根下聚集，风沙在雪下沉睡。
我的马头琴在城头盘桓，曾见长河绕牧场，曾醉烈酒弯雕弓。
不要勒住马的丝缰，不要停歇琴的暴雨，我情愿迷乱在马的追风魅影，淋漓一场透彻心扉的骤雨。

9

一把马头琴能撑起如席的雪花吗？
猜想当年牧羊的苏武两耳浸透了琴的苦涩，雪落衣襟，琴弦崩断。
马的蹄声在琴弦上，草原的雪纷纷扬扬，长安在一片雪花之外。

14

马头琴响起，我的心就跃上马背，风一样自由。
无边的风，无边的草原，都在我的马蹄下，都在乐曲的旋律中奔放。
战鼓的声音在耳边，鏖战在远方继续，我的马蹄向着战场飞奔，我的热血沸腾。
我就是那朵血染的格桑花，我就是那道长刀的寒光，此刻，在马头琴的音符里复活。
琴声低回，我的泪何时竟湿了衣衫。

21

流浪的马蹄，在天涯流浪，正如我的心在天涯奔走。
滚烫的马奶酒还在梦乡，千年的梦影在残垣上，有马头琴在残垣的影子下悠扬。
四季，回荡；忧伤，彷徨。

我的草原被琴声席卷，有雪花飘降有烈酒飘香。

106

一次次的洗礼，从音符开始，浑厚而清丽的琴音哟，荡开草原的风。

我的无法回去的旧时光，在哪朵睡着了的花影？

影子里有故国的山河鲜活，高山之巅有雄鹰展翅，多少古今事，闲云变沧桑。

来不及伤怀的时光迅疾，算几番琴音破执迷。

草原的风催生万象，风入琴弦，刹那壮色彪形入我怀。更话前尘往事，有长调歌吟，有烈酒浇胸中垒块！

107

愿我草原长歌起，愿我草原春风度。

在一曲马头琴曲里，我分明听见了你的哭泣，不应沙化的草原哟不应断流的河。

我的文字是这样无力哟是这样沉重，一如你沉重的音符，一如草原无奈的退化。

马头琴音依旧，有草原上的轻轻的风，有草原的暴雪哟有草原的呼喊。

湿地。江河。山川。芨芨草。胡杨树。各色的静止的奔跑的飞翔的，都是草原的要素，要是消失其一，马头琴音将不再动人，草原将会悲伤。

愿我草原长歌起，愿我草原春风度。

日夜兼程哦马头琴的音符，生生复活千万匹野马的精魂，我在马背上飞奔，我在马背上哭泣！

（选自"广东散文诗学会微信平台"2018年11月28日）

乡渡

_朱祖仁（香港）

韩江之水由北纵南，傍村而过，构筑成西留乡和东留乡一道需要跨越的汪汪江水。

是韩江，打造成山乡秀丽的风景线。月影下，蔚蓝的江水，泛着一道道细细碎碎的波纹。

两岸村民东来西往，靠的是古老乡渡。离岸靠岸，春江秋月，不知多少来回，把一代一代人渡老了。

横济碧水，撑篙人在漫长的历史长河中舞出岁月的苍茫，编织着一幅耿耿的长河夕照。

撑杆下，黝黑的面孔，饱经风雨。十尺竹篙所负荷的重量，是生活风雨中的沉重。在绿水中的撑篙起落中，倾注的汗水，为韩江增添悲壮。

风狂雨骤的季节里，韩江滂沱，洪水奔腾，乡渡狭窄摇晃的身躯岂能抵挡得住惊涛恶浪的折腾，两岸居民只能望江兴叹。

忽听锣鼓喧天声中，贯通东西，仰卧在江中的石桥飞奔而过。乡渡消失在烟尘，泯灭在石桥东往西来的脚步声中。

灿烂的霞光下，桥面，时光在奔流，载满撑着彩伞过桥的少女酡红笑靥；

炙人的烈日，尽染推着小车、挑着扁担过桥的村民之晶莹汗珠；

在清碧的月色下，沐着星光的夜归人的匆匆脚步，涌动着今人绵绵的痴情；

在坎坷的岁月里，在生活的拐弯处，石桥的横跨，村民步入命运的另一个新起点。

当车轮碾过憨厚的石桥，身躯重重迭迭烙下车辙时，乡渡古朴的身躯，撑篙者干瘦的身影，已在江水中浸泡成历史亘古的迹痕，也成为记忆中一曲人生的咏叹。

（选自"世界华人文化研究会微信平台"第 11 期 2018 年 5 月 2 日）

阳光打在水泥地上

_ 天涯

阳光打在水泥地上，无法穿透的坚硬。

缝隙呢？一粒种子被漏下，等一阵风雨，带走或留下。

期待在春天发芽，这是暗藏的心愿。

伸出一只手，捡拾几片阳光的羽毛。骨子里的冷，需要这样的暖潜入，拯救黑暗的情绪。地面被切割，半阴半阳，涂一张八卦图，玄机在笔锋的起落间。

从阴影里踏出关键的一步，视野被打开。仰望八千米高空，我的梦正偎依着你的梦。碰撞，火花四溅，点燃远方的山林，映红了天际。

幻觉中，你微笑着站在那里，当我的手指即将触到你的指尖，光影一闪而过，陈旧的墙面露出大段空白。拿什么来填补？犹如这人生缺陷，竭尽全力，仍无法改变初设的程序。

水泥地上的那一摊阳光，似流动的河流，跃动着明亮、美好的词汇。我再一次看到你身影，挟着八月的风，走过秋的田野。

紫薇花开等君来，我对着空气喊。

一朵乌云滚了过来，阳光被遮蔽，我从冥想中惊醒过来。

暮色已近，飞鸟越过山岗，鸣叫着归巢。

（选自"世界华文散文诗年选微信公众号平台"2018 年 9 月 3 日）

恋上一个大海不如去爱一滴水

_冬梦（香港）

你离开已多久？几日？几月？几年？多少度的春秋前尘仍萦回脑海，都烙进我的记忆。

有人说岁月如烟，我记忆中的你并不模糊。我们当初机缘邂逅的海，海依然蓝，我们看过的浪，浪依然白，蓝和白绝不是伤感的颜色，为什么看海看浪的日子对于我来说，少了你，面对万顷波涛，一片浩瀚，心坎总似少了慰藉，多了空虚？

你走后的日子，每次假期我仍会回到这个海岛，一个人静静地看海，从早上，享受飒飒凉风，直到夕阳晚霞渐敛，暮色苍茫，海面出现点点渔火，出现夜空闪烁的星群，我才带着怅然迷惘的心情离开。

海再澎湃也是海，你信中说的，看到一排排浪花呼啸而来，翻滚而退，令人感悟每个生命中总会遭遇到的无常和无奈，既有生离亦有死别，正是我们曾经的生离，过程中也只有我们才能真正领略这份酸涩。

有人说似水流年，青春难再挥霍，过于匆促，今天我回来不会为逝去的感情而凭吊追忆，睽违多年，悠悠往事虽仍偶在脑际出现，只是一切都成过去，人为什么要在痛苦回忆中活得这么沉重呢？是不是？

此刻的海看来仍亲切如昔，只是自己对海的感觉也突然感到好陌生了。

你相信吗？如果此刻我跟你说，恋上一个大海我宁愿去爱一滴水，至少我会对水的清澈、沁凉，能带给我心灵满满的丰盈比独自凄楚面对无边无际的大海实在得多、舒服得多。

你离开已多久？几年？几月？几日？对于我来说，都无所谓了。

（选自"世界华人文化研究会微信平台"第 12 期 2018 年 5 月 3 日）

山场

_蔡旭

　　山场路是珠海的一条小街。
　　这一天,公交车带我从这里路过。
　　山,看不到了。满目是高楼大厦。
　　场,看不到了。有的是商场、市场。
　　而它的本意,是指盐场。
　　哦,盐场,那是唐朝时候的事情。
　　据说,山场古称"濠潭",意即濒海之地。附近的山峰,原是珠江口外伶仃洋上的岛屿。唐代有人聚居,围海煮盐。再后来,有了盐场,叫香山场;有了墟镇,叫香山镇。
　　南宋设了香山县,这里,正是珠海、中山、澳门文化与经济的始祖地。
　　往事越千年,沧海变桑田。
　　如今,就只留下山场这个地名了。

　　这一天,公交车带我从这里路过。
　　让我对这条小街刮目相看。
　　一千米长的小街,珍藏了一千年的历史。
　　移了山,倒了海,既没有盐也没有场,一切都变了,而山场的名字却千年不动。
　　我明白,它是不会移动的,不可移动的。
　　有了它,风华正茂的珠海、中山与澳门,才能够找到——
　　它们的根。

(选自"中国散文诗研究中心微信平台"2018年3月10日)

安化九章之神韵安化

_蔡华建

在梅山的神话里,这里曾是一片蛮荒。直到时间日记里的宋朝,那一幅美丽的国画里,才有了醒目的落款叫安化。

洞庭湖在北方眺望她的美丽,桃花源里流淌着她的可爱,如果东南西北像一首高低起伏的歌曲,那协奏出来的,一定就是安化的和谐。

这里有美丽的仙溪柘溪和滔溪,溪溪如烟;这里有清塘长塘和龙塘,塘塘潋滟!

资水穿透了生命中的每一根经络,孕育出她秀丽的容颜。雪峰山架起了她的人文骨骼,硬朗而清秀。丘陵、山地,像久别了不愿再分开似的,相拥交错。千万年的岩石,风化成土,等待云台大叶楮的到来,那是一粒爱情的种子,即将开始一段缠绵的茶之爱情故事。

这里千山叠翠,嘉树生华,静水深潭,天赐蔎荈,前生注定是黑茶留恋与安扎的地方。一片绿叶,大自然无私地馈赠,散尽了青涩,在搓揉中塑造自己完美的形象,在渥堆里默默地改变自己的品性,在松柴明火中有了山的笑容,樟的含香,忍受日晒夜露的孤独,慢慢地绽放内心的金花。斗转星移的变幻,让口腔体味大自然与时间转化带来的最美妙感觉。

我在一页一页的史书中,寻找梅鋗的身影,在千山万水中,追逐张五郎的行踪。梅山十峒里可还有原始共产的遗风,以致让张五郎也要用倒立身形,去洞察这世间的每一颗心灵!

我用双脚重新度量六步溪,我用腾龙的身影来对照九龙池,我用虔诚踩过茶马古道的青石板,我用膜拜瞻仰陶澍尚书第,我用黄自元一笔一画的书法间架匡正心灵。走过安化,我心中的苦难被擂得粉碎,随茶而远。

黑的是安化茶,白的是羽毛球,这黑白之间,孕育了无数的桑梓名人,铸造了他们冰碛岩一样你中有我、我中有你的包容，还有一种霸得蛮的坚硬，走过多少的风雨，仍与廊桥同在！

岁月无穷，我们总在这里寻找一片宁静，如茶一般的醇和淡定，也如资水般的清悠有韵。

（选自"广东散文诗学会微信平台"2018年5月28日）

花雨

_虞锦贵

花雨凋零，谢幕。

无名之花，无名的存在。花色如玉，生命却继续在衰老。

岁月不断加重我的分量，表示毫不嫌弃。也许倾诉的声音太低，被内心的喧嚣覆盖。

时光很淡，采集田野的花束，大自然的馈赠。

那些梳理着思绪的雨，那些使我无梦而眠的雨，让我忘记昔日的苦痛，忘记当下的真相，忘记还有未来。

纵然我把所有的语言，都集中在一首诗里，回报我的，最多是梦中的一阵花香。

一个季节获得的能量，总是有限。

落日余晖袅袅地浮荡，脉脉无言。

无法阐释的花雨，缭绕在梦幻的心头，淡淡的，带给人一些醉意，也带来一点觉醒。

流年似水的背面，我们无法确立，感动我们的是落花残存的纯情还是静候花落的无奈？

（选自"冯站长之家微信平台"2018年）

长城雄风

_杨立谦

你像一条蛰伏千年的蛟龙,沿着崇山峻岭,雄峙江山。你如一支雄壮威武的天兵,守卫苍天大地,阻挡铁骑。

金秋十月,正是北京最好的季节。万里青天,万里长城,万里江山,我如约而来,登上了长城。望着连绵起伏的古长城,莽莽群峰叠翠,这时,我并不因"不到长城非好汉"而激动,而是思绪万千。

走在古老斑驳的城墙,厚重的城墙隐隐飘荡着亘古邈远的淡淡幽思,不时逸出几缕尘封已久的王霸之气。

你穿过茫茫的草原,辽阔的大地,巍峨的群山,层峦起伏,绵延万里,气势磅礴,蔚然壮观。这里曾记载着中华民族山河破碎的仇与恨,曾闪过沙场豪杰志士们的刀光剑影,激起金戈铁马的声音,曾聆听过壮士们震天动地的呐喊。

时光如水,许多物事随波逐流,你以厚重的真实,伫立于历史回眸的路上。你在崇山峻岭峭壁深壑之上,演绎气势磅礴,铺展匠心独运,雄峙北方大地。

你像一条游龙,什么地方险峻,就往什么地方爬行。千百年来,一任风吹雨打,屹立在冰天雪地之中,这正是中华民族坚韧性格的化身。

长城,阻挡入侵是你的天职。从大漠到海滨,从塞北到辽东,迢迢万里,你曾用巨大的羽翼,庇佑过多少生灵?长城,你以完美的雄姿,成为中华民族坚强毅力的象征,成为世界的奇迹。翘首远望,蜿蜒的山峰起伏,群山沸腾!长城内外,有多少人景仰你,有多少人留下跋涉的足迹,有多少历史伟人在这里指点江山,铸造辉煌!

你是中华民族手挽手铸起的长臂,你把祖国拦腰拥抱,每一根指头都凝聚着大爱和忠诚。你壮美得让艳阳失色，让明月汗颜，让满天星子屏息无言。

走近你，总有万千滋味萦绕在心头，遥望天南地北的中华儿女，无边的遐思穿越早已尘封的时空。你是历史的丰碑，人类的奇迹，世界的瑰宝。

长城，你沐浴两千多年的日月精华，风化为一部纵横万里、旷世绝伦的古书，由秦皇汉武主笔，唐宗宋祖泼墨，明清万岁爷们作后记，由数以万计的无名作者，用白骨蘸着热血，写成的一部无字的经典，一部只有开篇，尚无结尾的人类不朽之史书。

长城是一个伟大的奇迹，长城是一道旷世的奇景；

长城是一个民族的灵魂，长城是一部旷世绝伦的无字经典……

（选自"中国作家网"2018年）

冬日淇水

_郝子奇

郁郁葱葱。有过。

在我坐定的荒凉中，太行山，有过。这脱掉的妖娆，在春天，还会穿上。

现在，山谷无遮。草。树。仿佛无数的传说，把千年的历史脱去，只剩下传说中的主人，在淇水边

站着。

偶尔飞来的水鸟，是历史遗留下来的。它们的翅膀，拍碎了千年的平静。

水面上碎开的阳光，碎成冰，在我的手上消失，留下千年不化的冰凉。

这时候，我看到风，从来不曾停止过吹动。

岸边的芦苇已结散尽了发雪。

只有竹子，复活着诗歌中的传说，低下头，给我说出数千年生长的

秘密。

（选自"中国好散文诗"2018年8月散文诗界）

我一个人站在秋风里

_邹业本

秋天来了，我还是孤独一人，在这被人遗忘的乡间。我从一株桂花树下走过，花儿已落，香气已消，无意间我看到了暮鸟归巢。

草丛里的虫子收起了歌声，村里的小孩也不知去了何处玩耍，空空寂寂的荒村，似乎只剩下我和秋风。

呵，萧萧瑟瑟的秋风啊，你是否也流浪如我？从遥远的故乡，流浪到荒凉的他乡？

冬天很快就会来临，寒冷和饥饿的日子不再遥远。秋风啊，请让我轻轻地拥抱你——在这荒凉孤僻的异乡！

我一个人站在秋风里，没有爱情，我把大自然拥入怀抱，微微闭目，深吸几口山里的空气：多么清新，多么凉爽，伴着野花野草以及树木的味道，我的灵魂仿佛得到了升华。

坐在一块平整的石头上，头顶是一片火红的枫树叶子，叶子上方是晴朗的碧空——小鸟在碧空中自由自在地飞翔。

这里村民很少，瓦屋也是相距甚远方可一见。在林间出没的，常是野猪野兔；四季常在的，是些野花野草和杂树，它们没有名字，没有养护，也无人记住，全凭阳光雨露，在天地之间竭力地疯长。

傍晚时分，村庄里飘起几家炊烟，在这人烟稀少的荒村，你是山谷里的一朵奇卉，我远远看到了你美丽的身影。

　　站在瓦屋旁的梨树下，拿着竹竿，明眸仰望着树上的果子，你那可爱的样子，多么富于诗意，我想起了某一幅古代的乡村水墨图，画中的人，如今活在了我的眼睛里。

　　我走入画中，走到你的身旁，你羞涩一笑，送给了我几个果子。啊，那果子多么清甜，甜得让我一生难忘，和你在一起的时光无比开心，无比甜蜜，甜蜜中又充满忧伤。

　　因为我仅是一个匆匆的过客，我的忧伤会突然醒来。命运之神啊，你是一阵飓风，吹过这座荒村，然后将我吹走。

（选自"广东散文诗学会微信平台"2018年11月）

下辈子，我不再做你的唯一
——纪念母亲诞辰88周年

_舒婷

一

　　藏匿于黑夜之中，见你双手合十，望向空蒙天际。

　　你以爱为囚笼，用时间画押，虔诚点亮心香，悬于日月之上。供奉天地神明。

　　受孕于20年堆积成山的药渣，你用眼泪和希冀浇灌，我带着罪孽降临世间。

　　多想从此成为你心中的天使。

　　而真正的天使，在你抱我入怀时，已振动羽翅，驭风而去。

你泪光堆积，穿过日月四季。正如你的爱，沉甸甸，厚重且沉实。

我惶恐。

我的骨髓浸濡了太多的药性，脆弱且毒重。

多想用我的血肉之躯，化解你的人生劫数。否则，我拿什么，和你，相濡以沫。

二

在母亲喝了二十年中草药的胸腔中孕育成型的我，沾染了太多花草树木的戾气。

端坐在夜里，伸出我的十指，宛如伸展出花草树木的根须，触摸泥土、河流的气息，探究莺飞草长的秘密。

此刻夜色迷离，天地浑然一体。

万籁寂静，我的哮喘和咳嗽，穿透苍茫夜色，刺痛夜的休憩。风声掠过水面，叶子飘落花间，母亲和我不休不眠。

劳作一天的母亲，偶起的打鼾声，是治愈我心灵愧疚的唯一路径。

当窗外月色倾城，我常常幻见一把洁白天梯，连接上天与尘世，我就是那个振动翅膀飞向天梯的天使。

而母亲，倾其所爱，紧紧抓住我的羽翼。

我无力逃离。

三

我在夜里，盘腿而坐，不是为了明见心性，不是为了修行。

张开十指，只为夜半风起时，风滑过指尖，少染寒疾。

母亲才是那个日跪神灵，夜拜天地的女子。

日敲木鱼，夜焚心香，既求宽恕，更为引渡。

虔诚点亮青灯，信仰皈依图腾。

我佛拈花微笑。在看不到尽头的黑夜深处，许我母亲祈盼的，我梦境的祥和与安宁。

世人多是子孙绕膝，不孝如我，让母亲，一生殚精竭力。

下辈子，我不再做你的唯一。

祈求上苍,许你子孙满堂,许你安乐一世。
缘开因果,善结菩提。
下辈子,愿我为母亲,你为儿女。

(选自"网易博客,白雪\紫衣"2018年10月)

今日

_宋清芳

今日,筋骨已幻作山峰。白发在风中飘出根须。
河流从我们的身体迂回,沐浴时空里来来往往的你我。
我们从古诗里走出来,在兵马俑里放下屠刀。
我们张开手臂,融入泥土和天空。
风是我,雨是你,你是数字的意外。
传说里飞奔的夸父和报喜的雀鸽,都不曾遥远。
化身为蛾的,变成石头的,花开莲现的,都在一起。
你来,就是回到了本国。
今日,净手,清心,跨越脚下宇宙。
我们还以念想,回到上一秒。那里风声鹤唳,需要披风,灌满时间。
今日请你来,请你举起手臂,请你垂下手臂。
我们不离不弃。

(选自"宋清芳微信平台"2018年6月)

黄色：黄花待明日，萱草能忘忧

_洪天丽

  虎嗷，在石莲之上，在神佛之下。
  当年的虎，徒添了谁的忧愁？一声声的怒吼，震荡着这片山林。如果不是前世注定，异地迁徙而来的客人，也许将错过命中的转折。那些良善的人，一步一步虔诚，在这里许下千百年的愿。从此，萱草萋萋，世代传承。
  温暖的黄色，治愈心灵的创伤。萱草开出金黄色的花朵，勇敢地化为一碗菜汤，只为：忘忧。
  金秋，黄羌用金黄色来接待来客。虎嗷金针，带来相聚的欢乐，化去前尘的忧伤。

（选自"广东散文诗学会微信平台"2018年11月28日）

安化断章

_罗燕廷

被黄帝点化的一滴水,安躺在资水的怀抱中。

一滴特立独行的水,拒绝俗世的油腻。

多少年过去了,安化在湘中偏北,打盹,偶尔做梦;偶尔侧身,带出一场细雨;偶尔张目,催开满眼繁花。

偶尔漏出呓语,挟裹着梅的香气,落在茶马古道的峡谷里,堆积,融化,成为梅山文化洁白的源头。

在安化,蝴蝶是绿色的,蜻蜓是绿色的,脚印是绿色的,梦,也是绿色的。

如果你试图进入她的芬芳,就必须走过536万亩的林地和森林。那些绿色的屏障,除了风和月色,任何坚硬的事物都无法穿越。

在安化,喝一杯黑茶,天很容易就亮了。

或者,砍一根竹子,做一管箫,吹《广陵散》。

一生,很容易就过去了。

(选自"广东散文诗学会微信平台"2018年11月30日)

秋天，城市沉沉睡去

_何欣遥

　　秋天，恣意生长的叶子开始蜷缩。凉天里，行人的步履放轻。夏日的暑气无可奈何地消散。城市从高温中摆脱出来，恢复镇静的本性。清晨，路边的杂草丛覆上蒙蒙的雾气。

　　昼夜的齿轮缓缓放慢，清醒与混沌的界限悄然模糊。慵懒在人群中弥漫。野猫在白天穿街过巷，伏在破旧的藤椅上睡着。

　　活动的一切慢慢阖上双眼。预备进入新一轮的修养生息。在沉沉的梦中，我们停止寻觅和搏斗，放任缥缈的幻想，对软弱纵容。在秋日里，所有懈怠都被原谅。

（选自"何欣遥微信平台"2018 年 9 月）

跑云

_李衎夏

绝望的黄昏，血腥的黄昏。

窗外，黄铜色的云朵如花绽放，洋溢迷人的幽黑蕊息……

大师一觉梦醒，被窗外厚叠的纱帐震惊，恍然苍穹爆炸，尘埃飘浮，大气沉郁。

西墙上四个方正的窗棂，色泽柔美，落英缤纷，仿佛悬挂着四幅抽象画，带给观众美妙的心灵震颤，四束光的截面，四部电影的定格。平面而立体，静止而涌动——

这一瞬间是永恒的，是一滴墨在清水里慢慢晕开，是时光烘焙敦煌的壁画慢慢融化……

童年时，天空中最神奇的事物莫过于月亮，你动她也动，你去哪里她也去哪里。这一瞬间，大师蓦然发现：云，才是天空最深邃的奥秘——云涌，大师的脑海和心潮也在浪涌，那幅度、那频率、那纹理，何等相似！

——你想什么，云就幻化成什么。

——你思念谁，云就浮现谁的脸。

躯壳呆立，灵魂早已骑上白马飞奔。是人在跑，还是云在跑？

在浓稠的云雾里，大师看见男人嘴前的香烟、女人锅前的芬芳；耄耋眼前的昏花、弱冠镜前的哈汽；死者坟前的香火、胎儿诞前的迷蒙……仿佛在这笼罩着房屋的舞动的云里，大师看到了整个人间——人间的烟火。

大师进入冥想的异域。

云葱茏，心荒芜；云混沌，心澄澈；云激荡，心静安；云压抑，心无边……

——心无边，则世界辽阔，灵魂强大！

(选自"李衔夏微信平台"2018年9月)

街灯

_袁雪蕾

喜欢看他亮在风里，更喜欢看他淋在雨中，身上不停地弹出几个水泡，或者漾起一道水汽。

似一个内敛的人，体温不会把夜色灼出几个洞，对自己也颇冷静。任由雨水将电流的冲动，幻化成天地间最大的空寂。

一滴雨落下来，证明从天堂到人间，有一条路可以走。人可不可以顺着雨丝爬上去？

所有雨点都是他的姐妹，把天空的思想，吐露给青山绿水听。吐完了，就在地上翻个身，不一会儿，又挥动翅膀生成云朵。

而他，未能涤尽尘寰，依旧伫立原地。那一截赖以发光的钨丝，无法割舍的心事，好重啊！在静谧的天幕下，彻夜不眠。

(选自《梦璇诗刊》微信公众号2018年4月13日)

若尔盖草原

_ 雁歌

黄昏的风拂过,一匹棕色的马抖了一下。
血色的光芒,从一位红军战士遗留的帽檐,滑过一片草叶的边缘。
一棵草紧挨一棵草,看不见方向和缝隙。
苍穹之下,方向是远逝的岷山,是蓝天的鹰翅,是九曲黄河第一湾的臂膀。
我们从岷江出发,踩着地脉,在若尔盖放牧草原的辽阔。
是谁,将白色的羊群泼撒在碧绿的草尖。
转经的姑娘斜倚敖包,始终注视远方的一头牦牛。
牦牛,是草原自由的灵魂。它要在天黑之前起草一道神谕。
一只秃鹰眨了下眼睛。从白河跳进黑河,又从墨曲跳进热曲。
满碗酥油茶已经喝干,一曲牧歌已响起多次。
天上的白云还是不肯回家。地上的花朵仍叫不出名字。
无边的草原,夜色多么沉静。
安多的图腾如毡房的炊烟,随牧歌冉冉升起。

(广东散文诗学会微信平台 2018 年 8 月)

再不回家，故乡就老了

_ 沈阿红

  当我把他乡当成故乡，松花江就瘦了一圈。母亲门口的丁香花黯然神伤。

  当我在南方想起东北，那片黑土地就热泪盈眶。即便白雪皑皑，那滚烫的乡情，依然在雪下流淌。

  当我在异乡遇到同乡，她拉着我的手，似乎拉着故乡的臂膀。那一刻，故乡的河水在她眼里流淌。离别时，我写下一首诗发给她《再不回家，故乡就老了》

  到现在，怎么都弄不清楚：是我们忘不了故乡，还是故乡记住了我们？

  这些年，乡愁像一枚磁扣，把我的心紧紧地扣在故乡的胸膛。无论在哪里，心跳的频率总和故乡一模一样儿。

  渐渐的，乡愁已经从心头爬上鬓角，像母亲疯长的白发。几乎所有的母亲都不愿意离开故土。如果有一天妈妈去了天堂。那故乡，就是妈妈留在世上的，唯一的一张"名片"。

（选自"阿红微信平台"2018年9月）

滴滴湖，追忆德国的一片镜面（节选）

_ 张中定

  返回班车的路上又跑到湖畔去看，去留影，去喊叫一声打破时日的寂静。
  我把一个中国人的声音和思考留在滴滴湖上，我走后，让它和春天返回的船长、老人、孩子、野鸭子和鸟儿，打声招呼，交谈几句。
  路两边一栋栋德国传统木架式民居，没有一处有相同的结构，相同的色彩，每一处传统木架式民居，体现出当地德国人不同的个性和气质，让你拍都拍不过来。
  滴滴湖畔的小小村落，是一座活动着的民居博物馆，穿梭、观赏其间，眼睛，是耳朵的播报员；思想，则成了心灵的解说词。
  一条长路，从古老又崭新的空中丝绸之路延伸至此，一片深沉透亮静美的湖水，放松了疲惫的身心。
  一缕清风，从不知方向的某个时空吹来，感觉不到冬日雪地的冷，只让人神清气爽，眼亮心明。
  滴滴湖，它不责怪我嘎吱嘎吱的踩踏，也不拒绝我反复无声的叩问。
  我也不拒绝湖面上不经意的一个小光点，镜头里根本装不下的自然美，甚至一朵雪花落在耳畔的撞击声……我都无法拒绝。

（选自"读一点吧微信平台"2018年2月20日）

松口古镇

_林志山

　　千年古镇，千年情。松口古镇，地处闽粤赣三省的交界处，直通南洋的唯一出口。

　　松口古火船码头。客家人祖辈背井离乡的起点，站在港口，我抚摸客家人远渡南洋的痛与疼。

　　灯还在亮！回家吗？妻儿在等你盼你归来！

　　当初的长板石阶还在，元魁塔、文昌阁、世德堂、爱春楼、五龙桥还在，爱还在，情还在，故土还在！

　　可漂洋过海时的生死离别、悲欢离愁已不在，你已远渡南洋。

　　灯塔的光，时时刻刻日日月月年年岁岁还在亮！还在亮！还在亮！

　　轮回中的岁月啊，你是否还记得故乡当年的模样？

　　脚步，脚步是丈量心的高度的，心有多高，脚步就有多长！

　　远渡南洋，是开拓是进取是闯荡世界。河水还是河水，可载你的船已老，风干的泥土别在你的腰间，还在吗？港口还是港口，可岁月已飘落了当初的爱恨离别。客家山歌还是山歌，唱了一遍又一遍。

　　不要说你的艰苦与欢乐；不要说你的容貌已老；不要说你富贵或一无所有。此刻，饭菜还热乎乎的。等你，请抱我入怀！

（选自"世界华文散文诗年选公众号"2018年9月21日）

品味安化

_刘华珍

  泡上一杯酽酽的安化黑茶，安放好一颗浮躁的心，任清风轻抚，凭音乐低徊。醇醇的清气，浓浓的茶香在屋间升腾，弥漫，我悠然走进梅山的绿水青山……

  满眼葱茏的竹林，摇曳着满山的风情，把渠河两岸渲染得诗情画意。一缕炊烟徐徐升起，擦净夜色残留的痕迹。雄鸡一声高亢的啼鸣，激活了山村的沉寂。一壶绽放的新茶，让千年古邑总是充满诱惑。

  也许是造物主的偏爱，安化便"安德化之"。在亚热带季风热情的引领下，我定位在神秘的北纬30度和地球南北轴线的黄金分割点，一种"其色如铁，烹之无滓"的安化黑茶，"山崖水畔，不种自生"。

  它不卑不亢地生长着，不骄不躁地蓄积着。其貌不扬，却走进皇宫大内；漫发于荒山，却铺就了千年茶马古道。

  马蹄声声，把安化黑茶敲出了一部厚重历史；牧歌悠悠，把梅山文化唱成一首恒远传奇。安化黑茶，让这个"藏在深闺人不识"的山水之城骄傲地亮出了自己的名片。

  黑茶如铁，朴实无华，尽显本色，印证了安化人坚韧不拔的脚步；

  资水延绵，叶片轻舞，悠远沁心，沉浮出安化的古往今来……

  我，今夜。一杯黑茶在手，就着清风月色，细细品味如诗如歌的安化……

（选自"广东散文诗学会微信平台"2018年10月）

天空

_陈其旭

  写下这个名词时,一层层鳞片云已由近及远,在晨光中很有层次地展开,逗人遐思。这时,仅以辽远形容你,是很肤浅的。其实,你看起来并不很高,也不像很远,如一块无垠的琉璃悬在我们的头上。但若以为云的高度就是你的高度,旷野的小树就可以高过你了,这便是一种错觉,唐代诗人美丽的错觉。
  真正的你,任何人从任何角度凝望,你都一样辽远,即使在鸟飞不过的山峰,生命却步的界限,你也绝不让人感到局促、压抑。花开花落,岁月的侵蚀无损你的纤毫;风雨过后,你却更湛蓝更美丽。
  由此,令我想起一些公仆,一些真正的公仆,视坎坷如台阶,名利如云烟,不论从哪个角度凝视,都有仰之弥高之感,恍如早上凝望许久的天空。

(选自"广东散文诗学会微信平台"2018年12月)

云帆追日

_王成钊

南飞的候鸟

因为天性，一生都在追逐阳光。

从北风凛冽的寒冬，飞到了烈日当空的盛夏，在大海这边，邂逅了向往。

从此岸，到彼岸。

从冬蛰，到夏甦。

一直向南，向南，像候鸟，展开双翅，飞离寒风冷雨，在人生的旅途，掠出一道闪亮的轨迹，飞向心灵栖息地。

在飞机上都来不及做一个梦，就拥抱了世界闻名的蔚蓝海岸，踏上了慕名已久的白沙滩。

那里有个神奇的约会，邀请函写着：阳光灿烂的日子。

海风轻轻，海浪轻轻。

天蓝蓝，海蓝蓝，纯净得令人惊叹，恍惚间，一个转身，就回归了童话世界。

在海天之间，卸下曾经的重负，安顿下不羁的心。

人生的旅者，终于拥抱了宁静的海湾。

纯纯的蓝，纯纯的白，简洁而澄明，宁静而幽远。

在柔软的沙滩上，留下一行只属于自己的脚印，谨供阳光扫描。

终于邂逅了梦中的仙域，心，也变得轻盈。

赶海的日子

今天，我们赶海去！

一叶又一叶轻舟，欢快地犁开海面。海鸥簇拥，上下翻飞，伴随我心，在艳阳下迴旋。

去追风踏浪，将足迹留在一个又一个海岛，一片又一片沙滩。

分享澄明的时光，共沐赤道线上的太阳。

童谣在云水间清唱，迢遥咫尺。

童话在前头萦绕，引向远方……

从前，坐上弯弯的小船，追月。将神话装满小船，用童真荡起了双桨。

如今，坐上弯弯的小船，追日。追寻有幻想的花季，祭奠逝去的流年。

当优悠鼓满风帆，人生的跌宕起伏、阴晴圆缺、暮光霞蔚，早已洒向大海，皈于自然……

坐上风帆，随风摇曳云的洁白，海的蔚蓝。

波涛轻涌，云淡风轻。

久违的坐上摇篮的感觉，化作一缕缕温情，在大海母亲怀抱里，轻轻的荡漾温馨……

（选自"广东散文诗学会微信平台"2018年12月11日）

茶马古道

_吴春红

　　一条被马蹄踩出的山路，深深浅浅，被刻上旧时光的印记。

　　我在茂密的草木间寻找，在坑洼不平的山路中寻找，却找不到点滴古旧的痕迹。那些曾经驮着茶叶的马匹，行走的青春，鲜活的繁华，清脆的铃响……在时光的磨洗中，早已模糊成书上的一段文字。或者，成了牵马者口中的某个故事。

　　我固执地，想在这里找到一段与臆想相符的情节。回应我的，只有"嘚嘚"的马蹄，一步接着一步。

　　在深深的尘土下，这里，或者那里，应该有许多与之相同的马蹄印。只是，我无从考证。曾经的马队，如今的行人，走走停停，只是在时光的彼岸或此岸。

　　我只是一个探访者，窥不破掩藏在时光深处的秘密。

　　千年悠悠岁月，唯有山水依旧。

（选自"吴春红新浪博客"2018年）

今夜，又见蓝花楹开

— 阿鹏

夕阳下，小河还在，你比喜欢我还喜欢的蓝花楹又开了。

一朵一朵，一朵一朵……这些蓝色的情愫，它们是蓝色的妖姬，多像不深不浅的小河涨水翻起的浪花，一朵一朵，一朵一朵……那么圣洁地开在我的眸子里。

只是，它们开了，有我来看它们，谁来看一眼我？

这一状无名的悲催，从昨天延续到了今天。

都说有情两头，各表其心。

天亦有情，心有依旧，我给付那年花开处。

盘点岁月，红尘如烟。今夜我想告诉你：蓝花楹在为你而开。

一树一树，一树一树……开得那么妩媚和痴情，唾手可得。

有情的是风，因为它吹开了今夜蓝花楹的思想。无情的只是雨，在不知情的今夜下着。

要知道这是谈情的时代，没有多少时遇握在掌心。

也说这是回忆的年份，须臾不可耽误片刻时光，去爱和被爱着。

托生心机，不妄谈有情，假借有爱。

在第三十棵蓝花楹树下，我找到了一串恋爱的足迹，只是尘世太深，辨不清哪一串是你的了。

行，走在人间，一个人的红尘，黄粱浮生。

但我习惯了一个姿势，一直站在树下，将自己一次次带入白首不离分的场景中。掬一捧小河的浪花细听，拈一朵蓝花楹托蒂倾诉，却听不到你的心跳来自何方。

（选自"阿鹏微信平台"2018年9月）

风干的石榴

_张雷

装进枪膛。避开风的眼睛。

扣动扳机。发射脱水的梦想。

遗落枝头，是粗心还是过错？错过了采摘的黄金时节，只得在秋风里瑟缩，只得在冰天雪地里期待太阳暖和再暖和些。

内敛心的晶莹剔透，在风雨里历练干瘪的皮肉。

在风中，它不是风铃。在雪里，它不是红灯笼。在鸟儿看来，它只是不可啄食的风干的石榴。

风的万般柔情，能否唤醒石榴的青春记忆？风干的石榴，能否挽留住风生水起的鸟鸣？

风干的石榴，渴望被装进枪膛。风干的石榴，期盼扳机扣动。风干的石榴，在被发射的过程中浴火重生。

（选自"中国好散文诗微信平台"2018年2月）

古蓬村

_宁越

　　在古蓬村邂逅一场薄雾。
　　此时，退去了白天的激烈，光线已经变得柔软。
　　一个孤独的行旅在此虚掷时间。
　　这雾，如我心的放牧，轻慢，自由，安静，纯粹……
　　古蓬，岭南画派巨擎关山月的浑厚笔迹，刻在岁月的前额，光芒依旧。

　　古蓬，包容得下高贵，也装得下平淡。古蓬，本来就是"村落搭建在河漫滩附近"的意思。多年前，陈姓族人一路披荆斩棘，于此安栖。古蓬，注定有着满腹的心事。

　　闭上眼，薄雾轻声慢笼，向我靠近，湿润了我的脸颊。
　　莫名地感动，激动，莫名地想大喊，奔跑……
　　征途、迁徙、生死、疾病……那些人生的痛，流云一样的命运，高低起伏，皆是幻影。

　　古蓬无言，在南方一隅的天空下，早已熟悉了山的对望，水的低语，还有，头上鸟雀的身影……
　　啊，青砖巷道，木雕石刻，壁画、硬山顶、博古脊……都沉入褐色里，鲜活不再，风光不再，人声稀落，明天又在哪里？

　　我看见她在风中缩紧了肩膀，我听见她一路走来的噔噔足音，还有她，幽幽的一声喟叹……

（选自"广东散文诗学会微信平台"2018年1月）

时间

_崔国发

所有的河流都被你带走。

逝者如斯：落花随着流水，云影随着波光，我似乎仍能听见，子在川上发出的一声声轻叹。

分秒的滴答，于漫长的岁月中杳然——

星移斗转，暮霭之沉沉，朝日之冉冉。未必都要等到海枯石烂，如果需要，我现在就可以倏忽相忘于江湖，包括曾经沧海的欢乐与痛苦、荣辱与恩怨……

剩下的波涛也只是喧嚣着时光的苍茫。

风尘仆仆，听不到行色匆匆的声息，但从你眉间的春色里，我隐约看见，你在秋波闪烁的妆台前渐渐抚平的一道道沧桑。

总是说不尽，青春故事的风流；似水的年华，也总是不会因为斑驳的追忆逆流而上。

旋涡无常的亢奋。礁石记住了骇浪的私语。

世界如此匆忙：一种存在与虚无，也许永远在开始的终结之中，你一往无前，以流水的加速度，不知所终地追赶着，光阴的浩瀚。

从时间的源头出发，一直走到地老天荒——

不是所有的河流都有彼岸，也不是所有的密码，都能悄然打开旷古的忧伤……

（选自《散文诗世界》2018年第11期，散文诗精选微信平台11月23日）